문학과지성 시인선 580

그저께 보낸 메일

김광규 시집

문학과지성사

문학과지성사에서 펴낸 김광규의 시집

우리를 적시는 마지막 꿈(1979)
아니다 그렇지 않다(1983)
크낙산의 마음(1986)
좀팽이처럼(1988)
아니리(1990, 개정판 2015)
물길(1994)
가진 것 하나도 없지만(1998)
누군가를 위하여(2001, 시선집)
처음 만나던 때(2003)
시간의 부드러운 손(2007)
하루 또 하루(2011)
오른손이 아픈 날(2016)
안개의 나라(2018, 시선집)

문학과지성 시인선 580
그저께 보낸 메일

펴낸날 2023년 2월 10일

지은이 김광규
펴낸이 이광호
주간 이근혜
편집 허단 김필균 이주이 방원경 윤소진 유하은
마케팅 이가은 허황 이지현 맹정현
제작 강병석
펴낸곳 ㈜문학과지성사
등록번호 제1993-000098호
주소 04034 서울 마포구 잔다리로7길 18(서교동 377-20)
전화 02)338-7224
팩스 02)323-4180(편집) 02)338-7221(영업)
대표메일 moonji@moonji.com
저작권 문의 copyright@moonji.com
홈페이지 www.moonji.com

ⓒ 김광규, 2023. Printed in Seoul, Korea

ISBN 978-89-320-4118-6 03810

문학과지성 시인선 580

그저께 보낸 메일

김광규

시인의 말

열두번째 시집이다.

2016년 봄부터 2022년 겨울까지 일곱 해 동안 발표한
시편들을 모았다. '어제오늘'이나 '오늘내일'보다는
'그저께' 쓴 작품들이 주로 실려 있다.

나날의 삶 속에서 보고 느낀 구체적 사연들을 되도록
짧은 글에 담았다. 여기서 한 발짝 더 나가면
아마도 보이지 않는 침묵이 있을 것이다.

늦게 만난 독자들에게 아쉬운 인사를 전하며……

2023년 새봄에
김광규

그저께 보낸 메일

차례

1부
부끄러움 없는 날

부끄러움 없는 날

우리의 선인들 가운데는
"죽는 날까지 하늘을 우러러
한 점 부끄럼이 없기를"*
노래한 시인이 있었고
소설을 써서 부끄러움 가르쳐준
작가도 있었다
하루 또 하루 마음속으로
이리저리 헤아려보면서
그것이 과연 무엇일까
스스로 되물어본 적도 많았다
우리의 바탕이 바로 거기에서
비롯되지 않았을까
믿어온 지도 오래되었다
그러나 아직도 모른다
부끄러운 데 가리고 이 세상으로
쫓겨난 그때부터 왜 곳곳에서
"부끄럽지도 않으냐"라는 말
욕설로 쓰이게 되었는지
그렇다면 바로 부끄러움 없는 날

우리는 가장 부끄럽지 않은가

* 윤동주, 「서시」, 1941.

모래내 언덕길

무악재 넘어 북쪽으로
통일로 한 구간 내려가다가
홍제동 삼거리에서 좌회전
급경사 비탈길 올라가면
옛날에 화장터 넘어가던 길
땅이 질척대고 미끄러워서
후사경 힐끗 바라보면
언제 올라탔나 뒷좌석에
하얀 상복 입은 여자 앉아 있었지
깜짝 놀라 갑자기 브레이크 밟으며
당황하던 비탈길
학교와 도서관 아파트와 쇼핑몰 들어서며
이제는 소란스럽게 행인들 붐비는 곳
모래내 언덕길

태어나지 못한

깊은 땅속 뿌리로부터
수액을 타고 힘겹게 올라와
갑갑해 몸부림치다가 꽃망울 터뜨리고
장맛비 내리기 전에 서둘러 열매 맺었을까
골짜기 흘러내리는 시냇물처럼 먼 길 돌아서
바다에 이르러 태풍이 되었을까
하늘 높이 날아올라가 두루미 되었을까
안타까워라 별별 뉘우침도 쓸모없이
세상에 태어나지 못한 귀여운 아이들
아깝게 버려진 슬픈 목숨

줄지어 기다리는 사람들

CD에 담긴 오페라 아리아 대신
바로크 현악 되살리고 싶어
음악당 103호 입구에서
청중이 되기를 기다리는 사람들
관상용 고무나무 한 그루
눈높이 같은 자리에 그대로 서 있지만
물기 없는 관엽식물 아랑곳하지 않고
날카로운 눈 대신
부드러운 귀를 가진 사람들
그 앞에 줄지어 서 있네
생김새와 옷차림 모두 다르지만
착하고 사랑스럽지 않은가

소리 없는 힘

설악산 울산바위 오른쪽으로 쳐다보며
동해바다로 달려가 하염없이
수평선 바라보는
눈에는 보는 힘이 있지
스마트폰 온종일 들여다보는
스몸비들이 갖지 못한
부드러운 힘이 있다네
악보도 읽을 줄 모르면서
토카타와 푸가 듣고 또 듣는
귀에는 듣는 힘이 있지
알아듣기 어려운 강연
끝까지 듣는 청중에게도 그 지겨움
견뎌내는 힘이 있다네
대하소설이나 그리스신화
또는 난해한 시집 끝까지 읽어내는
독자에게는 끈질긴 독파력이 있지
한번 시작하면 멈추지 않는
이런 힘은 도대체 어디서 오는지

담쟁이의 봄

애초에 이 담쟁이는 뒷마당 벽돌담으로
기어 올라갈 태세였다네
가을 마당걷이 끝나면 이 덩굴풀
잡초로 뽑혀 죽거나
겨울에 얼어 죽을 것 같아
마당 구석에 굴러다니던 화분에
옮겨 심고 그 곁에
나뭇가지 하나 꽂아주었지
서재 창틀에 들여놓고 겨우내
물 한 모금씩 주었더니 이 덩굴풀
화분보다 두 배쯤 부쩍 자라서
이제는 창가 한 귀퉁이에 어엿하게
제자리를 차지했다네
오미크론 변이 바이러스 주춤해지면
한번 와서 보려나
벌떡 일어서는 담쟁이덩굴에
새봄이 깃드는 모습 ·

수로 공사

전기톱질로 사정없이
소나무 참나무 싸리나무 잘라버리는
금속성 비명에 귀 따갑다
뒷산 골짜기에 수로를 만든다고
포클레인이 바위를 부수고
언덕을 깎아 내린다
물길 뚫기에 앞서 공사용
중장비가 오르내릴 통로 마련하기에
온 동네가 소란스럽고
뒷동산이 온통 망가진다
눈으로 보면서 귀로 들으면서
그저 참아야 하나
산사태 막기 위하여
산을 통째로 무너뜨리고
한 줄기 물길만 남을 때까지
그저 기다려야만 하나
물이야 어차피 아래로 흘러가겠지만
동산을 다시 만들기는 결코
쉽지 않을 터인데

설거지하는 남자

기숙사 공용 부엌에서 사용한
냄비나 프라이팬이나 수프 접시들
씻어서 물기를 말리고
윤이 나게 행주로 닦아서
선반에 엎어놓게 되어 있었다
시설 및 비품 사용 규정도 그렇거니와
동숙자들에게 폐 끼치지 않으려고
누구나 뒤끝을 보기 좋게 정돈했다
귀찮은 일이었지만 그래도
한 끼 때우고 설거지하는 동안 잠시
유학 생활의 중압감 벗어나
마음을 쉴 수 있는 시간이었지

오랫동안 어울려 살아온 가족들이
연휴를 맞아 모처럼 여행 떠난 날
혼자 남아 밀린 원고 정리하다가
창밖의 담쟁이넝쿨 바라보며
마신 포도주 잔 물에 헹구고
말려서 선반에 엎으려니 새삼

궁상스러운 홀아비 시절 떠오른다
계절이 바뀔 때면 객지 생활은
더욱 스산하기 마련이었지
기억은 언제나 혼자서 펴보는 앨범
홀가분하게 가을철 맞고 싶어
자디잔 걱정거리 씻어버리려 해도
마음은 뜻대로 비우기 힘든 그릇

호박 그 자체

뒷산에서 자란 호박 덩굴이 옆집
담을 넘어 들어오더니 밤나무를 타고 올라가
나뭇가지 끝에 연두색 호박을 매달아놓았다
호박은 공중에서 하루하루가 다르게 커졌다
밖에서 담을 넘어 들어왔으니
옆집에서 심은 것은 아니지……

그러니까 긴 골프 우산 손잡이를 담 너머로 뻗쳐서
호박을 끌어다가 따 먹을 수도 있는 거야
하지만 누구에게 들키지 않는다 해도
시쳇말로 다툼의 여지는 있겠지 이를테면
옆집 영감이 투덜거리는 소리를 피할 수 없을걸
요즘도 호박 도둑이 있는 모양이여……

늦장마 지나가고 매미와 풀벌레 소리 요란한
오늘도 옆집 밤나무 가지에 매달린 호박을
바라본다 따 먹고 싶은 욕심일랑 몽땅 버리고
짙푸르게 익어가는 호박 그 자체만 바라볼 수는 없을까
가을이 가버리기 전에 그렇게 될 수 있을까

낯선 고향

땅 소문이 퍼지기도 전에
주유소가 제일 먼저 들어섰다
뒤따라 사철탕집이 생기고
아파트가 쑥쑥 솟아오르더니
크낙산을 가려버렸다
하늘도 다각형으로 잘려 나갔다
오후 4시면 해가 지는 동네
나무 없는 거리에 울긋불긋
네온사인의 밤이 일찍 찾아온다
테크노사운드와 사이키델릭 조명 속에서
콜라와 햄버거를 즐기면서
후손들이 쑥쑥 자란다
새로 뚫린 자동차 도로를 따라 곧
전자 상가와 아웃렛 매장이 들어설 터이다
집집마다 인터넷을 통하여
월마트에 드나드는 마을
몇 년 만에 찾아온 낯선
고향에서 길을 잃었다

여름날 새벽

경북 영천은 섭씨 40도까지 올라갔고
서울도 매일 35도를 오르내린다
비 한 방울 내리지 않은 지 3주일
밤새도록 열대야에 시달리고
새벽녘 앞집 애기 우는 소리에
눈 뜨면 창문 밖 대나무 숲에서
매미 우는 소리 요란하다
오늘은 또 얼마나 비지땀 흘리려나
아파트 신축 공사만 아니라면
창문이라도 열어놓을 수 있으련만
견딜 수 없는 찜통더위에
북녘의 얼음 벼랑 또 얼마나 녹아내릴지

법고法鼓 소리

하필이면 쇠가죽으로 만들었나
부처님 앞 법고
아침저녁 서녘 산에서 들려오는
둥 둥 둥 외로운 북소리
평생의 구업口業 갚을 길 없는
울음일까 아니면
묵언 공양일까
오늘도 가슴 깊이 울려오는
황갈색 법고 소리

이안류離岸流 II

잔칫날이나 제삿날 다가오면 느닷없이
바닷가로 달려 나가곤 했다
밀물인지 썰물인지
가리지 않고 미친 듯이 달려 나가
물속으로 몸을 던졌다
땅 위의 모든 사람들 미워
부모, 형제, 자매, 친구, 이웃, 동료 들……
육지의 모든 사람들 욕하고 저주하면서
해변의 백사장 쪽으로 감자질까지 하면서
바닷물에 휩쓸려 떠내려갔다
꼴깍꼴깍 짠물 삼키며
웩웩 오물 토해내며
해안에서 가물가물 멀어지다가 마침내
남해의 저쪽으로 사라져버렸다
아직도 어느 먼바다 떠돌고 있는지
아니면 어느 무인도에 표착했는지
끝없이 파도만 밀려올 뿐
아무 소식도 들려오지 않았다
안타까운 노릇이다 그래도

어딘가 살아 떠돌면서
버리고 온 반려견 그리워 가끔
눈물 글썽인다면 다행인데……

풍차風車로 가는 길목

출국하기 전에 다친 무릎은
두 주일이 지났는데도
나을 기미가 보이지 않았다
감자 빵과 볼빅 물 두 병을 사서
저녁거리로 배낭에 짊어지고 낯선 도시
비 오는 포도를 절뚝절뚝 걸어가다가
2백 년 전에 지었다는 목골 가옥
'추어 빈트뮐레'* 앞에서 풀썩 넘어졌다
젖은 포석 사이에 발끝이 걸려
나무토막처럼 쓰러진 것이다
뒤에 오던 행인이 부축해주어 겨우
일어섰는데 부끄러운 신음이 저절로 나왔다
도와준 행인에게 고마워하기도 민망했다
놀러 온 관광객 처지도 못 되니
내일 행사를 준비하려면
이를 악물고 숙소에 돌아가
약속한 원고를 끝내야 할 터였다
택시를 부를 수도 전철을 탈 수도 없는 거리
한 발짝 두 발짝 다리를 끌며

걸어가던 뒷모습 아직도 눈앞에 선하다

* 독일의 오래된 가옥 이름으로 Zur Windmühle는 '풍차로 가는 길목
  에 있는 집'이라는 뜻.

일요일에도 자라는 나무

후박나무 밑으로 굴러온 감 한 개
저절로 땅속에 묻혀 싹 트고
아무도 모르게 조금씩 조금씩 커지면서
담벼락보다 높게 자랐고 올해는
주황빛 열매 주렁주렁 매달렸다
온종일 살펴보아도 어느 틈에
줄기 굵어지고 잎 돋아나고
꽃 피고 열매 맺는지
자라나는 짧은 순간들
하나도 보이지 않았다
추녀 끝보다 웃자란 후박나무가
아래서 올라오는 어린 감나무에게
슬며시 하늘 한 모퉁이 비켜주는 것도
눈치채지 못했다
가을비 추적추적 내리는 날
쟁반보다 넓은 후박나무 잎에
접시보다 좁은 감나무 잎에
떨어져 내리는 빗방울들 서로
어울려 빗소리 화음 내면서

귓가에 울려올 때까지
나무들의 아름다운 목금 소리
미처 듣지 못했다
비록 보이지 않고 들리지 않는 듯해도
어느새 10년 동안
사계절 밤낮 가리지 않고
주말도 쉬지 않고 끊임없이
무성하게 자라나
일요일 아침마다 창밖에서 수런거리며
잠든 마음 흔들어 일깨워주는
우람한 갈잎나무
풍성하고 믿음직한 그 모습
언제나 변함없이 보고 싶구나

2부
그저께 보낸 메일

그저께 보낸 메일

오늘은 어제의 다음 날
어제는 예스터데이
비틀스 노래 속에 날마다 되살아나는
어제는 오늘의 바로 전날
독일어로 gestern / 게스테른
그저께는 어제의 바로 전날
vorgestern / 포어게스테른
영어로는 좀 길지만
the day before yesterday
그 긴 날 저녁때도 원고를 고쳐 쓰고
와인 한잔 마셨던가
가물거리는 그저께 기억
수첩을 꺼내 보지 않으면 누구를
만났는지 얼른 떠오르지 않네
손을 뻗치면 곧장 닿을 듯 가까운
어제의 하루 전날
안타깝게도 되돌릴 수 없네
그저께 보낸 메일

바로 그런 사람

맞아
방금 떠올랐던 생각
귓전을 스쳐 간 소리
혀끝에 감돌던 한 마디
그것이 과연 무엇이던가
그래
그것이 맞아
틀림없어
참으로 기막히지 않은가
하지만 그것을 뭐라고 해야 할지
달리 바꾸어 말할 수도 없고
글로 옮겨 쓸 수도 없는
바로
그것을
어떻게 되살려낼까
궁리하다가 평생을 보낸 사람

그 짧은 글

시는 의미하는 것이 아니라
존재하는 것이라 했지*
하지만 이것은 너무 단호한 시학 아닌가
드넓은 산하 무수한 잡초들도
저마다 이름이 있기 마련
의미 없는 존재가 어디 있겠나
온 세상 모든 사물에 스며들어
혼자서 귀 기울이고 중얼거리며
그 속에 숨은 뜻 가까스로 불러내는
그런 친구가 곧 시인 아닌가
비록 나무 한 그루 자라지 않는
메마른 사막에 감춰진 수맥이라도
촉촉하고 부드럽게 살려내는
그 짧은 글이 바로 시 아닌가
어려운 시학 잘 모른다 해도

* 예컨대 아치볼드 매클리시의 「시학」에 나오듯.

지킴이 나무

이제는 3층 지붕만큼 키가 큰 나무
창밖의 후박나무는 우리 집 전령
5월의 첫여름 향기
탐스러운 꽃송이에 가득 담아 풍겨주고
널따란 나뭇잎에 떨어지는 빗소리 들려주고
황해바다 건너 불어오는 북서풍
남해를 거쳐 북상하는 필리핀 태풍
서걱서걱 나뭇가지 흔들어 알려주네
마당을 뒤덮는 넓은 그늘 아래
까치와 비둘기와 직박구리 날아들고
고양이 식구들 마음 놓고 뛰놀게 해주네
봄여름 가을 겨울 가리지 않고
말없이 우리를 지켜주는 후박나무
굵다란 줄기와 밑동 믿음직하네
한집에서 어느덧 반세기를 함께 살았는데
요즘은 마구잡이 주택단지 개발 사업으로
30층 아파트 줄지어 들어서고 있네
언제 갑자기 전기톱으로 잘려 나갈지 몰라
오늘은 바라보기도 마음 아픈 지킴이 나무

베네치아 일기 II

대운하에 햇살 눈부신 4월
수상 버스를 타고 해협을 건너가
산마르코 광장의 두칼레 궁전을
구경할 계획이었다 규모가 너무 방대하여
관람을 미루어온 지 어느새 한 달
숙소를 출발하기 전에 그러나
이메일을 열어본 것이 잘못이었다
한국의 소송 상대측이 계류물을 경매에
붙이려 한다는 소식이 들어와 있었다
우리는 그곳에 작은 문화 공간을 만들 생각이었다
국제 행사 때문에 당장 귀국할 수도 없으니
마음은 지중해를 건너 아득히 날아가고
두 다리만 온종일 베네치아 골목길을 헤맸다

베네치아 일기 III

아드리아 바다에서 날아왔나
세종 학당* 5층 창턱에 회색
갈매기 한 마리 알을 품었다
한 달쯤 되었을까 어느새
새끼 두 마리 태어나 쳐다보기만 해도
어미가 꽥꽥 소리를 질러댄다
산타 마르게리타 성당 골목길로
외국 관광객들 줄을 잇고
유모차도 띄엄띄엄 지나간다
대운하 바닷물 조금씩 차올라서 수로 쪽
출입구 계단이 물에 잠기고 카 포스카리**
대학 강당이 가끔 흔들리기도 하지만
곳곳에서 엄마 아빠 아이들 데리고 찾아오고
갈매기들 끼룩대며 알을 낳으려
날아드는 동안 물 위의 도시 베네치아
바닷속으로 가라앉지는 않을 듯
마르코 폴로 공항을 떠나려니 그동안
눈 익은 이탈리아의 산과 들이 시시각각
구름 아래로 아쉽게 멀어진다

창밖의 흐릿한 시야를 벗어나

안경이 필요 없는 기억 속으로

로봇 한 마리

새로 문을 연 스마트 쇼핑몰입니다
대형 매장과 주차장을 연결하는 공중가교를 건너
고객들이 날아오르듯 밀려듭니다
배가 나온 중년층 어른들이나
몸매 날씬한 젊은이들이나 똑같이
진공청소기 앞 새털처럼 가볍게
매장 입구로 빨려 들어갑니다
때로는 소형 자동차보다도 비싼 가전제품들
소중하게 카트에 싣고 출구로 나오는
자랑스러운 발걸음 좀 보십시오
잔디 깎이 로봇이나 가정용
에이아이 로봇을 구입한
이웃을 모두들 부러워합니다 이제
저 집은 가정부나 정원사가 필요 없겠군요
사물 인터넷으로 지시만 하면
밥값도 품삯도 들지 않고
오로지 일만 하는 로봇
사람보다 훨씬 유능하고
믿음직한 로봇 한 마리

새 시대의 네번째 문턱을 넘어
집 안으로 성큼 들어섭니다
그래도 아직은 조심해야지요
웃지도 않고 울지도 않는
영리한 새 가족 맞이한 기쁨에 들떠
하늘 높이 날아오르다가 행여
전기가 갑자기 끊어져
땅으로 털썩 떨어지지 않도록

파르티타 I

아마도 오십은 넘었을 나이
점퍼를 걸친 사내와 일 바지 입은 아낙네
저수지 물가의 느티나무 아래 앉아서
저녁노을 바라본다
이미 오래 함께 살아온
그들의 뒷모습
아무 말 없이
정물처럼 그 자리에 머물다가
차츰 흐려지면서 마침내
어둠이 되어버릴 때까지
아쉬운 잔영을 길게 남기면서

뉴욕행

9·11 테러 이후
보안 검색이 대폭 강화되었다는
소문 오래전에 들었다
JFK 국제공항 검색대에서
신발 벗고
허리띠 풀고
가슴속 심장 박동기 확인하고
온몸을 샅샅이 뒤지는 동안
이 거대한 공항 안팎을
자유롭게
마음대로 날아다니며 살고 있는
미국 참새들 참으로 부러웠다
외국인 관광객으로 이제야
처음 뉴욕에 도착한 것
아무래도 좀 부끄러웠고……

사라진 냄새골

오뚝하게 고치고 싶은 코에
콧구멍 두 개 뚫려 있어
새끼손가락으로 후비기도 하고
멋쩍게 콧등을 비벼대기도 했지
코로나 독감 창궐할 때는
온 국민에게 마스크 씌우고
코와 눈과 입 만지지 말라고 했어
그래도 애꿎은 코에 괜히
손이 가게 되었지
코와 귀가 없다면 마스크와 안경
어디에 걸치고 다녔을까
온갖 냄새 소리 없이 맡아주는 코
너무나 당연하게 잊고 살다가
어느 여름날인가 문득
아카시아 꽃내음 사라지고
된장국 끓는 냄새도 못 맡게 되었지
어디로 갔나 사라진 냄새골
이제는 되찾을 수 없나

미래식未來食

신선로나 구절판 민어전과 오이선 같은
전통 한식은 배울 생각도 없었다
섞어 먹어서는 안 될 각종 식자재를
보기 좋게 뒤섞어 후다닥
데치고 지지고 볶아서
그럴듯한 복합물 만들어낸 다음
메뉴판에는 퓨전 요리로 소개했다
스타 셰프들은 앞으로 미슐랭가이드에 오를
미래의 요리라 치켜세우고
미식가들은 미래식이라고 격찬했다
뒤따라 시식해보려는 젊은 고객들 줄 섰고
먹어본 사람들은 복통과 알레르기에 시달렸다
미래는 영원히 오지 않는 것일까
차라리 오늘 먹을 음식이나 잘 만들면 좋으련만

바늘잎 소리

들어보았나
녹음할 수 없던 3백여 년 전
겨우 해어진 악보만 전해왔지만
스테인드글라스에 비치는 저녁노을처럼
깊숙이 심금 울리는
건반악기 소리
끊임없이 흘러가며 되돌아오는 선율
입으로 따라 부를 수 없어도
귓전에 감돌고 있네

성 토마스 교회* 신도석 앞에서
검은 예복 입은 연주자
음반 코너에서 마주쳤던 그 동양인이
피아노포르테를 치고 있었지 짧은
손가락으로 어제와 내일을 이어주었어
귓바퀴를 접고 자던 꿈결에도
들려오지 않았을까
아득한 옛날의 적막한 울림

누가 옮겨 심었나 안산 골짜기에

독일가문비나무

까마득히 높다랗게 자라 오르도록

들릴 듯 말 듯 아련하게

바람에 실려 퍼지는 바늘잎 소리

시간의 파도에 밀려갔다가 끊임없이

기억의 바닷가로 되돌아와

보일 듯 말 듯 허공에 자취를 남기는

바늘잎 소리

* 독일 라이프치히 도심에 있는 고딕 교회. 18세기 중엽에 요한 제바
  스티안 바흐가 이 교회의 성가대 지휘자 겸 오르간 연주자였고, 사
  후에 이곳에 안장되었음.

아침 아홉 시

아침 아홉 시
청바지에 점퍼 걸친 젊은
아빠가 양쪽에 하나씩
쌍둥이 딸 손목을 이끌고
서둘러 골목길 빠져나온다
두 꼬마가 제각기
조그만 백팩 짊어지고
유치원 가는 길
어린이집 차에 태워 보내던 엄마는
오늘 왜 안 보이나
세 식구가 재잘거리며
여대생 기숙사 쪽으로 사라지고
딸이 많은 이 동네
아침 출근길 끝난다

늦가을 마당

무엇인가 깨닫기라도 한 듯
까마귀 몇 마리
늙은 소나무 높은 가지에서
우리 마당 내려다보며
시끄럽게 울어댔다 오후 내내
그러다가 어느 틈에 날아가버린 것을
까마귀 짖는 소리 끊어진 다음에야
문득 알아차렸다
늦가을 마당에 정든 식구 남겨두고
줄무늬고양이 우리 곁을 떠나갔구나

그대의 두 발

영화나 연극이나 오페라 보면서
두세 시간 객석에 앉았노라면
참으로 오래간만에 양쪽 발도
보행의 노고를 벗어나
모처럼 안식을 누린다
적어도 예술을 감상하는 동안이라도
마음 놓고 쉬게 하자
쉴 틈 없이 신발 신겨 부려먹으면서
착한 두 발 주물러주지는 못할망정
육신의 프롤레타리아
눈길조차 주지 않고
업신여기지 말자
흔히 손보다 앞서 나가면서도
악수 한번 못 해보고
언제나 당나귀처럼 순종하는
두 발 씻겨주지는 못할망정
그냥 내버려두기라도 하자
다행하게도 발을 다치지 않은
오늘 같은 날은

3부
달맞이

달맞이

소나무 우듬지 위로 커다란
열기구처럼 떠오르는 보름달
눈에 띈 순간 저절로 탄성이
터져 나왔다 그렇지!
ㄷ으로 시작되었어
그다음에 ㅁ이 뒤따랐지!
달…… 마…… 로 이어지는 그 이름
사흘 만에 어렴풋이 되살아났다
반세기 동안 즐겨 마신 원두커피
그 상표가 왜 생각나지 않았을까
그제 저녁 산책길에서 돌아와
찬장 위 칸을 열어보려다 그만두었다
아니야 내 기억 속에서 찾아내야지
어제도 오늘도 골똘히 생각해보았지만
혀끝을 뱅뱅 돌면서 그 이름
좀처럼 떠오르지 않았다
앞서가는 동행에게 물어볼까
하던 참에 마침 인왕산 동쪽에서
둥근 달이 솟아오른 것이다

달맞이? 달마중?

Dall⋯⋯ mayr에 뒤이어 아라비카 커피 향

잠깐 코끝을 감돌았다

몇 해 전에 잃어버린 후각도

잊혀진 고유명사처럼 되살아나려나

평생 배우고 간직해온

온갖 이름들 하나둘 어둠 속으로

가라앉았다가 때로는

달과 함께 다시 떠오르는 저녁

창밖의 나무

굵은 나뭇가지 커다란 잎사귀 자랑하면서
2층 서재 창밖에서 나를
지켜준 나무
봄 늦게 황백색 꽃 탐스럽게 피어나
그윽한 향기 뿜어대고 여름내
짙은 그늘 시원한 바람 빗방울 소리
가을에는 낙엽 지는 기척에
귀 기울이며 눈을 쉬고
마음속으로 그 이름 때 없이 불러온
믿음직한 나무
외국어로 옮겨져 다른 나라에도
알려진 나무
무수한 보통명사 고유명사 추상명사 들
평생 익히고 쓰고 기억하고 망각해왔지만
창밖에서 수런수런
바람과 이야기하며
반세기 넘게 내 곁에서
함께 살아온 나무
바로 눈앞에 있는데 어찌하여 오늘은

혀끝을 뱅뱅 돌면서 그 이름
떠오르지 않을까 오래된
가족과 친구들 이미 내 곁을 떠났고
오늘은 정든 나무의 이름까지
갑자기 잊어버렸나
비록 머릿속에서 사라진 듯해도
그 모습 잊힐 수 없는
우람한 나무

멧돼지 생각

두자리와 바람모지를 지나서 자락길
내려올 때 왼쪽 산비탈에서 갑자기
네발짐승 한 마리 튀어나왔다 어둑한
저물녘이라 어떤 동물인지 알 수 없었다
놈은 나를 힐끗 쳐다보고 유유히
길 건너 동네 쪽 언덕길로 사라졌다
그날 밤 아랫마을 남도식당에 느닷없이
멧돼지 한 마리 출몰하여 저녁 먹던
손님들 혼비백산했다는 소문이 퍼졌다
잡히지는 않은 모양이었다
구청 녹지과에서 엽사들 고용하여
길목을 지켰으나 그 후에도
포획되거나 사살되었다는 뒷소문
듣지 못했다 도망갔으니 다행이라고
말할 수도 없지 않은가
무관심하게 나를 힐끗 바라보고
먹거리 찾아 마을로 내려간
멧돼지가 언젠가 다시 나타나면
어떻게 하나 요즘도 거기 지나갈 때면
혼자 속으로 생각할 뿐이다

무정한 마음

치킨 배달 오토바이도 끊어지고
메밀묵 장수도 이미 지나갔다
편의점 창백한 엘이디 형광등과
자동차 블랙박스 파란 불빛만
어둠을 지키고 있는 밤
아무도 오가지 않는 홍제내 골목길로
배 불룩한 고양이 한 마리 지나간다
정확하게 약속을 지키려는 듯
새로 태어날 생명들만 몸속에서
자라고 있는 시간
온 동네가 코를 골며 잠들었는데
낡은 솜이불 뒤척이면서 왜
그대만 혼자 깨어 있는가
대답할 수 없는 물음도
들어본 지 오래되었다
아무리 눈 감고 귀 막아도
새카만 침묵에 빠진 잠
무정한 마음
끝내 다가오지 않는다

조간신문과 우유 배달이 올 때까지
선하품만 가끔 보내올 뿐

한여름

모내기 시작될 즈음 조촘거리던
비가 아주 멈추어버렸다
하늘만 원망스럽게 쳐다보는 동안
산골짜기와 우물가 물기 바싹 마르고
논바닥 쩍쩍 갈라지고
강줄기 흔적도 사라졌다
마을에서는 기우제 소문이 떠돌고
하지가 지날 때까지 두 달 넘게
가뭄이 계속되었다
매미들도 더위에 목이 쉬고
열대야에 잠 못 이루던 한밤중
문득 산개구리 우는 소리
뒤이어 지붕에서 창밖에서 마당에서
후두둑 빗방울 떨어지는 소리
가족들 옆자리 더듬어보고
무슨 비밀이라도 전하듯 조심스럽게
속삭였다 밖에
비가 오시나 봐
안타까운 일기예보 아랑곳하지 않고

초복이 지나서야 가까스로 시작된 늦장마
하룻밤에 느닷없이 3백 밀리미터 내리퍼붓고
아담한 소읍을 물바다로 만들었다
흐르는 물길 왜 막히고 넘쳤을까
오래된 물음 올해도 되씹으며
또다시 하늘만 탓하는 여름

고요한 순간

창밖의 후박나무 가지에 앉아
귀가 먹먹하게 울어대는 매미를
숲에서 날아온 멧비둘기가
잽싸게 낚아채
채마밭 건너편으로 물고 갔다
매미의 다급한 비명 소리
금방 뚝 끊어지고
고요한 순간이 뒤따랐다
여름내 듣지 못한
짧은 침묵 들려주면서

오래된 동네

천천히 걸어서 가본 적 있나
인왕산 아래 오래된 동네
통인동 옥인동 필운동 누하동……
서촌의 꼬불꼬불 골목길 낡은 한옥들
옛 모습 아직도 남아 있다네
누상동으로 꼬부라지는 길
왼쪽 막다른 골목 안 끝집
자네도 놀러 온 적 있었지
내가 젊은 날 살았던 조선집
누하동 43번지
지번은 그동안 바뀌었지만
삐거덕거리던 나무 대문
온종일 닫혀 있다네
한강 건너 누에실 논밭에서
60층 아파트 솟아오를 때까지
변함없이 좁은 골목길 낮은 기와집
서울의 고향 몇 군데
지금도 푸근하게 남아 있다네
가보겠나 한번 천천히 걸어서

내일은 평일

귀성했던 학생들이 돌아온다 저마다
옷가지와 먹을거리 가득한 캐리어를 끌고
손 전화 들여다보면서
기숙사 언덕길 올라간다
스몸비 스몸비 스몸비……
여행 가방 바퀴 소리 밤늦도록 이어진다
4박 5일 추석 연휴 끝나고
내일부터 고단한 일과 시작될 것이다
날마다 학교에 가야겠지
비록 학생이 본업이라지만
한바탕 놀고 나면 모조리 잊어버리고
기숙사 생활도 새삼 낯설어질걸
그래도 다시 시작해야지
끝없이 몰려오는 하루 또 하루
혼자서 견뎌야 할 나날
내일은 평일이다

시인의 유족

"유명한 문학잡지를 통해 네가 드디어
시인으로 데뷔했다니 자랑스럽구나
네 아버지가 이 소식 들었다면
얼마나 좋아했겠니
발표할 자격을 얻었으니
이제 부지런히 시를 써야지
아버지도 평생 시를 썼잖니
언제나 몇 번씩 고쳐 쓰고
서랍에 넣어두었다가 다시
꺼내 읽어보고 마감일이 되어서야
잡지사에 원고를 보냈었지"
안산 전망대 통나무 의자에 앉아
무악재 바라보며 땀 들이다가
나이 든 아주머니가 손 전화 거는 소리
여기까지 듣고 내려왔다
시인을 자식으로 남기고 간 그 아버지
누구인지 알 것 같았다
고인은 말이 없어도 듣는 귀는
곳곳에 열려 있으니

조선 닭

정유재란丁酉再亂 때도 살아남은
조선 닭입니다
"늙은 수탉 같으니라구!"
왜 자꾸만 꾸벅꾸벅 조느냐고
구박하지 마세요
아시겠지만 요즘은 병아리들이
채 자라기도 전에
달걀을 낳기도 전에 모두
프라이드치킨이 되잖아요
플러스 아니면 마이너스
1 아니면 0 사이에서
성숙할 틈도 없이 깜빡거리다
꺼져버리는 디지털 시대에 느닷없이
조류독감으로 가금 3천만 마리 매몰되었지요
역겨운 악취 참기 힘든 2017년
붉은 닭의 해에도
산 채로 땅속에 묻히지 않고
통닭구이로 사라지지 않고
이렇게 끈질기게 살아남은

장닭을 본 적 있나요?
── 꼬끼오 꼬오 꼬!
들리지 않아요?
새벽 뒤뜰에서 수탉 우는 소리

비둘기 세 마리

고양이가 올라오지 못하도록
대나무 숲 꼭대기에 둥지 틀고
3주일 넘게 알을 품더니
능소화 피어날 무렵
비둘기 새끼 두 마리 태어났다
어미가 뱉어주는 먹이
암팡지게 받아먹으며
반달쯤 자란 새끼 비둘기들
마당으로 날아내려 왔다
떠나가는구나 했더니 창밖에서
구구구구 비둘기 소리 들려오고
후박나무 굵은 가지에 비둘기 가족
세 마리 앉아 있다
어느새 어미만큼 자란 어린 비둘기들
아직도 어미의 입속에서 먹이를
받아먹고 있지 않은가
첫째 놈이 받아먹으면 둘째 놈이
왜 나는 안 주느냐고
어미의 등에 올라 어미 머리 쪼아대고

둘째 놈이 받아먹으면
첫째 놈이 어미 머리 쪼아댄다
불효자식들 같으니라구
평생 새끼들 먹여 살리는 어미가
불쌍해질 때쯤
여름 더위 기승을 부리는 우리 마당에서
세 마리 모두 사라지고
매미 우는 소리만 남았다

혼자서 잊어버리기

LA에서 공부하는 손녀와
홍콩에 사는 아들 내외가
추석 때 서울에 다니러 왔다
할머니와 고모가 팔을 걷고
연어회와 마늘바게트
잡곡밥과 된장국 마련해주었지
반년 만에 할머니 표 집밥 맛있게 먹고
스마트폰 들여다보다가 돌아간 다음
오랜만에 백포도주 몇 잔 마신 김에
낮잠 한숨 자고 일어났더니
점심때 먹은 빵 이름 생각나지 않았다
신종 독감을 심하게 앓고 난 다음
새로 생긴 증상인가
한참 동안 궁리하다 못해
식구들에게 물어보았지만
단기 기억상실증이니
스스로 생각해보라고 타박만 받았다
이제는 모든 것 소리 없이 혼자서
잊어버리는 수밖에 없는가

안국역에서

3호선 구파발행 전철이 들어온다
반갑다 대화행보다
빈자리 더러 있을 터이니 털썩
앉아서 별다른 눈치 보지 않고
핸드폰만 들여다보며
집으로 갈 수 있겠다
지하철에 실려 가는 퇴근길
몇 분 동안이나 마음 놓고
행복해질 수 있을지

숨 쉬기 힘든 나날

몽골에서 일어난 황사 뒤따라 중국에서
중금속 미세 먼지 몰려와 오늘도
중부지방에 외출 자제령이 내렸다
(이것도 비상 대책이란 말인가)
전철 노약자석에서 방독면처럼 커다란
마스크를 쓴 노인들이 졸고 앉았다
안경다리 걸린 양쪽 귀에
입마개 끈 또 걸쳐도
가만히 있는 귀
소리 없이 숨 막히는 코
가엽고 불쌍한 시니어들
미세 먼지뿐만 아니라 마스크가 더욱
숨쉬기를 가로막지 않는가
은밀하게 발령되는 코로나 방역 경보
갑갑해서 입마개 벗어버리고
맨 얼굴로 나다니면 앞으로
CCTV에 찍힐 때마다 미착용
과태료가 부과되려나
입마개도 없이

목줄도 없이

천만* 반려견 싸돌아다니는데

왜

사람들에게만 마스크 쓰라고 하나

숨쉬기조차 나날이 힘들어지는 세상

* 인구 천만 명이 안 되는 나라도 많다. 예컨대, 스위스, 오스트리아,
  뉴질랜드……

시를 읽는 사람들

멧새들 지저귀는 영롱한 소리
가을바람 빗소리에 귀 기울이며
홀로 생각에 잠기던 사람

해넘이 수평선 바라보다가
밤하늘 반짝이는 별들 헤아리고
잎 떨어진 갈잎나무 사랑하던 사람

이슥하도록 서재에 불 밝히며
짧은 글 몇 편 남기고
소리 없이 사라진 사람

수만 명 떼 지어 주먹 불끈 쥐고
부르짖는 시청 광장 가로질러
혼자서 고개 숙이고 걸어간 사람

우리는 그를 무엇이라 불러야 할까
묻고 싶구나 그대들에게
시를 읽는 사람들이여

4부
서서 잠든 나무

서서 잠든 나무

5층 연립주택보다 훨씬 높이 자란
가죽나무 올해는 여름내
싹 트지 않고 꽃 피지 않았다
나뭇잎 하나도 없이
검은 골격만 허공에 남긴 채
살기를 멈춰버린 것 같다
겨울보다도 앙상한 모습으로
숨이 멎어버렸나
신록의 숲속에서 날아오는 텃새들
까치 까마귀 비둘기 직박구리
한 마리도 나뭇가지에 내려앉지 않는다
죽음의 뿌리 까맣게 땅속에 내린 채
뒷마당에 서서 잠든 가죽나무
동네 이웃들 지나가며 왜 죽었나
아무도 묻지 않는다

가랑잎

바람도 불지 않는 가을 저녁
산책길 등 뒤에서 가슬가슬
따라오는 소리 들려
뒤돌아보니 아무도 없네

아스팔트 포장도로 위로
가랑잎 몇 개 굴러다닐 뿐
발걸음 재촉하는데 또다시
뒤따르는 낙엽의 기척

아득한 전생의 어느 가을날
내 앞에 떨어진 나뭇잎들인가
돌아가자고 이제
그만 돌아가자고
귓전에 속삭이는 듯

송과선 여사댁

　어둠을 헤치고 낮은 계단을 더듬더듬 올라가 현관문
을 노크했다.

　한참 만에 조용히 문이 열렸다. 안은 바깥보다 더 어두
웠다.

　토치가 없어서 성냥으로 가스 불을 켰다.

　어둠이 차츰 물러가는 방 안을 화초 나무 몇 그루가 지
키고 있었다.

　고무나무와 사철나무, 벽오동과 게다리선인장이 소리
없이 눈을 비비며

　밤에 찾아온 손님을 맞이했다.

　일천삼백만 인구가 밀집해 살고 있는 도시라고는 도
저히 믿어지지

　않을 만큼 조용한 시간이 어둠속에 멈춰 있었다. 불면
증을 모르고 살아온

　70년 동안 한 번도 느낀 적 없는 고요가 거기에 머물러
있었다.

　수도꼭지가 제대로 잠기지 않아, 가끔 물방울 떨어지
는 소리가

　들려올 뿐, 인간과 사물 사이의 온갖 언어와 음향이 사

라진

정일한 시공 속에서 아무런 용건도 없이 나 혼자 서 있
는 것 같았다.

송과선 여사의 부군이 침묵한 지 벌써 몇 해가 흘렀나.
얼마 전에

나온 시집을 한 권 전하고 말없이 속세의 캄캄한 밤 속
으로 되돌아 나왔다.

어두운 기억 속에 나는 여전히 혼자였다.

청송오리

아마도 삼백 년은 됨직한
아름드리 늙은 소나무
기와지붕 뒤쪽에 첨탑처럼 우뚝 솟아
밤나무 감나무 대추나무 들
우람한 어깨 아래 거느리고
뒷마당 너머로 집 안을 들여다보네
큰 소나무 언제나 거기 서 있듯
나도 반평생 여기서 살지 않았나
푸른 솔 바라보며 함께 지내던
낯익은 이웃들 어디로 사라졌는지
소나무 숲 가운데 호젓이 남아 있는
작은 마을 청송오리

개 발자국

온몸이 누런 털로 덮이고 슬픈 눈에 코끝이 까맣게 생긴 녀석.

뒤뜰 개집에서 봄여름 가을 나고, 겨울에는 차고 한구석에서

뒷발로 귀를 털면서 나이를 먹었지.

늘그막엔 주인집 거실 바닥에서 코를 골며 낮잠을 자기도 했다.

놈은 이 세상에 태어나 열여덟 해를 혼자 살았다.

물론 극진하게 보살펴주는 주인 내외와 딸이 있지만, 한마디로 말하자면

사고무친의 외톨이 아니었나.

천둥 벼락 치면서 폭우가 쏟아지는 날에는 놈이 위층 서재까지 뛰어 올라와

주인의 책상 아래 몸을 숨기기도 했다. 겁이 났던 모양이다.

놈을 야단치고 밖으로 쫓아내는 악역을 맡은 바깥주인도 이럴 때는 못 본 척

그대로 내버려두는 수밖에 없었다.

가족에 버금가는 대우를 해준 셈이었다.

이렇게 정든 놈이 몸뚱이만 남겨놓고 세상 틈새로 사라져버린 다음,

나뭇잎 하나둘 허공을 맴돌며 떨어져 마당을 뒤덮는 가을밤이면,

사박사박사박 낙엽 밟는 작은 발자국 소리…… 놈이 아직도 뒷마당에서

돌아다니는 것 아닐까.

우리가 자는 동안 밤새 소리 없이 눈이 내려, 세상이 온통 은세계로 바뀐

겨울 아침이면, 국화빵처럼 생긴 발자국이 뒤뜰 여기저기 남아 있는 때도 있다.

평생 살던 곳 떠나지 못하고, 놈은 아직도 우리 집 마당을 바장이고 있는가.

시인이 살던 동네

나뭇가지와 잎사귀 뒤흔들며
지나가는 바람 소리
제 목소리로 바꿔보려고
뒷동산 갈잎나무들 얼마나 오랫동안
수런거렸을까
귓전 스쳐가는 그 소리
자기 말로 적어보려고
얼마나 오랫동안 그 사람은
잠 못 이루고 몸 뒤척이며
귀 기울였을까
아무도 하지 않는
쓸데없는 짓 평생
되풀이하다가 떠나간
자리에 오늘은 빛바랜 낙엽들
굴러다니고 구겨진 낙서 몇 장
드문드문 행인들이 밟고 가는 뒷골목
소식 끊어진 지 이미 오래된
어느 시인이 살던 동네

우표 없는 엽서

　은사의 장례식장에서 우연히 만난 친구가 우표 없는 엽서 한 장
　나에게 전해주었다.
　고인이 작고하기 며칠 전 마지막 문병을 갔었는데, 말씀도
　제대로 못 하며 이 엽서를 건네주셨다는 것이다.

　늙은 제자의 근작 시집을 받고 써놓았던 인사말 몇 줄,
　떨리는 필적에 병상의 고통이 담겨 있었다.
　고인이 저승으로 떠나기 얼마 전, 이승에서 마지막으로 보내준
　엽서를 오늘 받게 된 셈이다. 이승과 저승이 아직 분리되지 않은
　시간과 장소가 고인의 서명에 담겨 있었다.

　삼도천을 건너가기 직전 이쪽을 뒤돌아보는 고인의 모습이
　뿌연 눈물 속에 흐릿하게 멀어져갔다.
　답신을 보낼 수 없으니, 속으로 명복을 비는 수밖에……

폐품주이 할배

머리 허옇게 센 할배
누더기 윗도리 걸치고 오늘도
폐품 주우러 다닌다
종이 상자와 플라스틱 나부랭이
리어카에 가득 싣고
동네 골목길 구석구석 누빈다
조그만 흰둥이 한 마리도
목줄에 끌려 따라다닌 지 오래되었다
할배가 점심 때울 때 강아지도
라면 찌꺼기 얻어먹는다
먹고 잘 걱정 없는
동네 노인들 온종일 경로당에서
무료하게 화투 치는 동안
흰둥이 유기견 데리고 다니며
폐품 주워 모으는 할배
어느 지하층에 사는지 모르지만
아마도 이 동네에서 가장 부지런한
독거노인 아닌가

겨울맞이

멀리 서쪽으로 인왕산이 보이고
유리창 아래로 창경궁 기와지붕들 즐비한
대학 병원 암 병동 4층 대기실
너무 오래 몸이 아파서
신음마저 줄어들고
유치원 아이들처럼 착해진 환자들
집에도 못 가고 모여 있는 곳
나도 이곳을 지나다닌 지 오래되었다
지난 몇 해 동안 맥박 수가
많이 줄었기 때문이다
1분에 40번 남짓 뛸까 말까
심각한 서맥이다
온갖 시위로 때 없이 길이 막혀
요즘은 지하철 타고 다니는데
전철에서 내려 계단 올라가려면
숨차고 어지러워
열다섯 계단쯤 올라가다 한 번은
걸음 멈추고 쉬어야 한다
오늘은 혜화역에서 서른 계단을

쉬지 않고 올라왔는데
너무 숨차고 어지러워
4번 출구 기둥에
오랫동안 기대어 서 있었다
아무래도 이번 가을엔
왼쪽 가슴에 심장 박동기 삽입하고
주삿바늘 주렁주렁 꽂은 채
말없이 착한 환자들 틈에 섞여
우울한 겨울 맞게 되려나

그녀 생각

코펜하겐 해변 호텔 식당에서
여권을 잃어버린 날
도심의 성 페트리 교회에서
예술원 회원들의 박수 받던 날
그러니까 15년 전 5월 중순
초저녁에 시상식을 독점 촬영한
사진사는 약속한 필름을 보내주지 않았다
몇 년 뒤 라이프치히 도서관에서
작품 낭독회 끝난 뒤 우연히
저녁 뷔페 자리에서 마주쳤을 때
당황한 기색이 역력한 그녀
와인 잔 뒤집어엎고 얼굴 붉히며
다시 한번 사진 보내주겠다
약속하고 십수 년 지나도록 소식이 없다
시상식 사진 대신 나에게
자기 이름을 남겨준
문학 전담 여류 사진사
언젠가 또 만나면 어떻게 하나

마가목주

밋밋한 오르막길에 마가목* 한 그루
눈에 띄었다
주전골 내려오며 우리는 마가목 열매로 담근
술 이야기를 했었지
설악산 쏘다니다 보면
감자전 부치는 산골 주막에 들러 한번
맛볼 수도 있을 터인데
그럴 기회가 오기도 전에 그 친구
췌장암으로 세상을 등졌고
나는 이제 산을 오르지 못하게 되었다
여생의 내리막길 타박타박 걸어가면서 아직도
마셔보지 못한 마가목주
그저 이름만 기억하고 있을 뿐

* 한자로는 馬牙木이라고 씀.

파르티타 III

오랜만에 할아버지 집에 온 손주들이
복실이와 함께 앞마당 뒷마당
구석구석 뛰어다니며 온종일
놀고 간 다음 혼자 남은
열세 살짜리 늙다리 개 집 안 곳곳
찾아다니며 가버린 꼬마들
냄새 맡고 있다
아이들이 정말 왔다 갔나
믿을 수 없다는 듯
꼬리가 축 늘어졌다
애들의 초롱초롱한 눈길과 영롱한 목소리
어디로 가버렸나
그리워하는 꼴 측은하다
어쩌면 건너편 아파트 창문에서 누군가
내려다보며 뒷집 노인 곁에 그래도
개 한 마리 있어 다행이라고
쓸쓸하게 웃을지도 모르지만

남몰래 흘리는 눈물

수술을 며칠 앞두고 환자를
격려하려 찾아온 중학교 때 친구들과
점심을 함께 먹고 헤어졌다
안국역에서 3호선 전철을 타고 떠나가는
늙은 친구들 배웅하고 돌아서니
갑자기 눈물이 핑 돌았다
그들을 다시 만나지 못할 것 같아
슬퍼진 것이 아니었다 내가
혹시 앞서가게 되더라도 제각기
살아남아 각종 세금과 건강보험료에 시달리며
지저분한 잔반殘飯을 치워야 할 그들이
문득 불쌍해져서 남몰래
흘리는 눈물이었다

앞서간 친구

동정초밥에서 저녁을 함께
먹은 날은 반주가 모자라서
술집을 또 찾게 마련이었다
친척 집에 얹혀살던 그 친구는
눈치가 보여서 그런지
일찍 가려고 했다
한 잔만 더 하자고 붙잡아도
잽싸게 도망가버리곤 했다
온천장 골목길로 사라지면
도저히 따라잡을 수 없었다
이처럼 언제나 앞서 달려가던 그가
끝내 붙잡을 수 없는 곳으로
가버리고 말았다
칠십이 넘어서도 정구를 치던
날쌘 동작으로 몸을 날려
문이 없는 시간 속으로 사라져버렸다
담도 없고 창도 없는 곳에서 그는
먼저 간 옛 친구들과 함께 우리를
환히 내려다보고 있지 않을까

한번 뒤돌아보지도 않고
앞서간 그 친구
우리는 헛되이 그리워하고 있지만

장례식장 가는 길

사직 터널 빠져나와 경복궁역으로
직진하는 대신 공원 정문에서 우회전
경찰청과 종교교회 지나서
정부 종합 청사와 외교통상부 사이
좁은 지하 차도 건너면
오른쪽으로 미국 대사관
왼쪽으로 삼청 공원 가는 방향
새로 생긴 로터리 반쯤 돌아서
곧장 가면 일본 대사관 앞
평화의 소녀상을 지나면 곧
안국동 전철역 5거리
걸핏하면 대규모 시위 군중이 점거하는
세종로 광화문 광장을 피하여 이렇게
논스톱으로 도심을 통과한 다음
율곡로 따라 원남동 대학 병원 장례식장 가는 길
미리 알려주어도 될까

변한 것 또는 변하는 것과
변하지 않은 것 사이에서
─김광규 시인의 『그저께 보낸 메일』에서 감지되는
시인의 시간 의식과 현실 인식

장경렬
(서울대학교 영문과 명예교수)

하나, "어려운 시학"을 넘어

무엇을 말하고 있는 것인지, 무슨 뜻이 담겨 있는 것
인지, 어떻게 해독해야 할 것인지, 도무지 요령부득인 시
들이 온갖 지면을 압도하고 있다. 손가락에 힘을 모아
필기도구를 쥐고 또박또박 지면의 여백을 메꾸어가는
글쓰기의 시대가 지나고 컴퓨터 자판의 건반을 가볍고
날렵하게 눌러서 화면을 채우는 글쓰기의 시대가 왔기
때문인지 몰라도, 무슨 의미인지 가늠하기 어려운 말로
이루어진 이른바 '난해한 시'가 갈수록 대세를 이루는 것

이 오늘날의 우리 시단이 아닐지? 언어를 비틀고 쥐어 짜서 언어 고유의 의미를 탈취하는 것만으로 모자라 건 조기에 넣고 언어의 의미를 말리는 것이 시업詩業의 본 분인 양 생각하는 시인들의 작품이 날로 위세를 더해가 는 것처럼 보이기에 묻는 말이다.

우리가 여기서 김광규 시인의 이번 시집 『그저께 보낸 메일』에 수록된 시 「그 짧은 글」에서 "단호한 시학" 또 는 "어려운 시학"의 출처로 지명한 미국의 시인 아치볼 드 매클리시Archibald MacLeish의 시—제목이 "시학" 또는 "시작법" 등으로 번역될 수 있는 "Ars Poetica"라는 시— 를 주목하고자 하는 것은 이 때문이다. 즉, 시가 지닐 법 한 의미의 존재를 부정하고 있기 때문이다. 전체적으로 세 부분으로 나뉠 수 있는 이 시의 첫 부분에서 시인은 시란 또렷이 감지되는 사물이 그러하듯 말이 없어야 함 을, 둘째 부분에서 시란 달의 움직임과 같이 정적靜的이 면서 동적動的이어야 하는 동시에 동적이면서 정적이어 야 함을 역설한다. 그리고 문제의 셋째 부분에서 이렇게 말한다.

시란 상응해야 하는 법/진실하기보다//그 모든 슬픔의 역 사에 대해서는/문에 이르는 텅 빈 길 하나와 단풍잎 하 나//사랑에 대해서는/고개 숙인 풀잎들과 바다 위의 등댓 불 둘—//시란 의미해서는 안 되는 법/다만 존재해야 할

뿐. (장경렬 옮김)

　만일 시란 "문에 이르는 텅 빈 길 하나와 단풍잎 하나"
나 "고개 숙인 풀잎들과 바다 위의 등댓불 둘"에 해당하
는 것이라면, 또는 그런 것들로 표상될 수 있는 것이 시
라면, 매클리시의 조언대로 시란 말이 없어야 할 것이다.
또한, 말이 없어야 한다면, 시란 "의미해서는 안" 되고
"다만 존재해야 할" 것이다. 하지만 매클리시의 언어 행
위가 증명하듯 시란 '언어적 실체'다. 그런 이상, 아무리
의미에 저항하고 이를 거부하거나 초월하고자 해도, 시
는 의미하지 않을 수 없다. 무의미한 것이든, 또는 엉뚱
한 것이든, 시는 의미를 드러내지 않을 수 없는 것이다.
"시란 의미해서는 안 되는 법"이라는 "시학"을 설파하고
자 하는 매클리시의 시 자체가 '의미의 결정체'이듯.

　논리적으로 따져보면, 매클리시의 "Ars Poetica"가 한
편의 시인 이상, "시란 의미해서는 안 되는 법"이라는 선
언적 진술이 진술로서의 실효성을 갖기 위해서는 이 진
술이 담긴 시도 의미해서는 안 된다. 의미해서는 안 된
다면, "시란 의미해서는 안 되는 법"이라는 진술이 담긴
시 자체도 의미 있는 것일 수 없다. 이처럼 "시란 의미
해서는 안 되는 법"이라는 진술을 담고 있는 매클리시
의 시가 의미 있는 것일 수 없다면, 매클리시가 내세운
'시학'이든 '시작법'이든 그것은 사르트르Jean-Paul Sartre

가 말하는 일종의 '자기기만mauvaise foi'일 수 있다. 즉, 믿지 않으면서 내세우는 믿음과 같은 것일 수 있다. 아니, 어찌 보면, 매클리시의 선언적 진술은 드 만Paul de Man이 말한 예지insight의 순간과 함께한 무지blindness의 소산일 수도 있다. 어두운 밤, 우리 눈앞에 갑작스러운 섬광이 내비치면 우리의 눈앞은 환하게 밝아지지만, 이와 동시에 그 섬광으로 인해 우리의 눈은 잠시나마 멀게 마련이다. 아마도 '시란 존재해야지 의미해서는 안 된다'는 참신한 시적 발상──추측건대, 매클리시에게는 '예지'로 판단되었던 시적 발상──이 떠오르는 순간, '의미해서는 안 된다'는 진술 자체가 무언가를 의미하는 진술이라는 자각에 눈을 뜨는 일이 그에게는 허락되지 않았던 것 같다. 말하자면, 예지가 무지와 함께 그를 찾았을 때, 그는 자신이 눈뜸과 동시에 눈이 멀게 되었음을 자각하지 못했던 것 아닐지?

이처럼 자기모순에 대한 깨달음을 결여하고 있기에, 김광규 시인이 말하듯 매클리시의 "시학"은 "어려운" 것이 되지 않을 수 없었던 것이리라. 하기야 자신도 무언지 모르는 것을 논의하는 사람의 진술은 이해하기 어려운 것이 되기 십상이다. 어찌, 시에 대한 논의뿐이랴. 시 자체도 그렇다. 자신도 무언지 모르는 것을 시화詩化하는 경우, 또는 눈뜸의 순간에 그와 함께하는 눈멂을 감지하지 못하는 경우, 그런 시인의 시는 이해하기 어려운 것 또는 난해한 것이 되게 마련이다. 이제 김광규 시인의 「그 짧은 글」을 함께 읽기로 하자.

> 시는 의미하는 것이 아니라/존재하는 것이라 했지/하지만 이것은 너무 단호한 시학 아닌가/드넓은 산하 무수한 잡초들도/저마다 이름이 있기 마련/의미 없는 존재가 어디 있겠나/온 세상 모든 사물에 스며들어/혼자서 귀 기울이고 중얼거리며/그 속에 숨은 뜻 가까스로 불러내는/그런 친구가 곧 시인 아닌가/비록 나무 한 그루 자라지 않는/메마른 사막에 감춰진 수맥이라도/촉촉하고 부드럽게 살려내는/그 짧은 글이 바로 시 아닌가/어려운 시학 잘 모른다 해도
>
> ─「그 짧은 글」 전문

시인은 먼저 매클리시의 "너무 단호한 시학"을 제시한 뒤에, 다음과 같은 수사적 질문을 던진다. "의미 없는 존재가 어디 있겠나." 물론, 김광규 시인이 말하는 "드넓은 산하 무수한 잡초"도 매클리시의 시에 언급된 "문에 이르는 텅 빈 길 하나와 단풍잎 하나"나 "고개 숙인 풀잎들과 바다 위의 등댓불 둘"과 마찬가지로 그 의미를 감지할 능력이 없는 이에게는 의미 없는 것일 수 있다. 또한 대상의 의미를 애초에 부정하는 이에게는 세상의 모든 것이 '의미 없이 그냥 있는 그대로 존재하는 것'일 수

있겠다. 우리는 그런 이에게 이렇게 물을 수도 있다. 모든 것의 의미를 부정하는 당신조차 의미 없는 존재임을 인정해야 하지 않겠는가. 이를 인정한다면, 당신의 말도 의미 없는 것임을 인정해야 하지 않겠는가. 요컨대, 세상 만사의 '의미 없음'을 설파하는 당사자조차 스스로 의미 없는 존재임을 인정하는 셈이 된다. 어쩌면, 우리는 그런 주장에서 본질의 선험적 존재를 부정하는 실존주의적 허무를 일별할 수도 있겠다. 하지만 실존주의란 실존의 본질적 무의미함을 극복하고 그 의미를 찾아 구현하고자 부단히 노력하는 사람들의 철학이다. 그런 관점에서 보면, 실존주의조차 '존재의 무의미'를 뛰어넘으려는 철학임을 인정해야 한다.

김광규 시인의 전언傳言은 이와 크게 다르지 않다. 그렇다, 의미가 없거나 없어 보이는 것이 "드넓은 산하 무수한 잡초"일 수 있다. 하지만 이를 향해 심안心眼을 열어야 하는 이가 시인이다. 존재의 무의미함을 뛰어넘어 그 의미를 스스로 구현하고자 하는 진지한 실존적 인간이 그러하듯. 김광규 시인의 표현을 빌리자면, "온 세상 모든 사물에 스며들어/혼자서 귀 기울이고 중얼거리며/그 속에 숨은 뜻 가까스로 불러내는/그런 친구"가 "시인"인 것이다. 그리고 "시"란 "비록 나무 한 그루 자라지 않는/메마른 사막에 감춰진 수맥이라도/촉촉하고 부드럽게 살려내는/그 짧은 글"인 것이다. 이 모든 시적 진술을 마감하는 진술인 "어려운 시학 잘 모른다 해도"에서 우리는 일종의 '거리 두기'를 감지할 수 있거니와, "시는 의미하는 것이 아니라/존재하는 것"이라는 매클리시의 "단호한 시학"은 시에 대한 이해를 혼란스럽게 하는 "잘 모[를]" "어려운 시학"이기 때문이다.

김광규 시인의 시가 시인들이나 평론가들뿐만 아니라 일반인들의 사랑을 두루 받고 있는 것은 「그 짧은 글」이 보여주듯 어렵지 않기 때문이리라. 하지만 단순히 어렵지 않은 '쉬운 시'이기에 그의 시가 사람들의 사랑을 받는 것은 아니리라. 따지고 보면, 오늘날의 '난해한 시'만큼이나 막강한 지면 확보의 능력을 발휘하고 있는 것이 이른바 '쉬운 시'다. 문제는 '쉬운 시'가 적지 않다고 해서 모두가 이를 반기는 것은 아니라는 데 있다. 임의적인 행갈이로 시의 외관만을 갖췄을 뿐 왜 시인지 모를 시가, 생기를 상실한 메마른 말의 성찬에서 벗어나지 못한 '쉬운 시'가 지면을 장악하고 있기 때문이다. 사정이 그러하기에, 김광규 시인의 시가 사람들의 사랑을 받는 것 아닐지? 다시 말해, 그의 시어와 시적 발언은 어렵지 않지만, 그럼에도 우리의 잠든 의식과 영혼을 일깨우고 깊은 상념의 세계로 이끌 정도로 그의 시 세계가 살아 있기 때문이 아닐지?

「그 짧은 글」을 예로 들어 이 문제를 좀더 생각해보기로 하자. 이 시에서 시인이란 "드넓은 산하 무수한 잡초들" 사이를 헤매는 존재다. 뿐만 아니라, "드넓은 산하"
와도 같은 인간 세상을 살아가는 "무수한 잡초"와도 같
은 평범한 인간들 사이를 헤매는 존재가 시인이다. 그리
고 그의 헤맴은 무의미한 것처럼 보이는 그 모든 것의
의미 있음을 확인하는 과정이다. 즉, 숨어 있고 감춰져
있는 생명의 "수맥"을 살려내는 이가 시인인 것이다. 이
같은 깨달음은 매클리시의 "시학"처럼 돌올突兀하거나
참신斬新하지도, 기발奇拔하지도 않다. 이는 다만 오래
생각하고 깊이 짚어본 사람의 지극히 자연스러운 발언
일 뿐이다. 어찌 보면, 오래 생각하고 깊이 짚어보기 때
문에 김광규 시인의 시어와 시적 발언은 어렵지 않은지
도 모른다. 예수든, 석가든, 공자든, 소크라테스든 그들
의 가르침이 어렵지 않듯. 어렵지 않은 말로 삶의 진리
를 우리에게 깨우쳐주던 성자나 현자들이 사라진 궁핍
한 우리의 시대에 길을 인도할 안내자들은 누구겠는가.
그들은 어렵지 않은 말로 우리에게 삶의 의미를 일깨워
주는 시인들이어야 하지 않겠는가.

　이번에 김광규 시인이 상재하는 시집 『그저께 보낸 메
일』에서도 우리는 여전히 평범한 일상의 언어를 동원하
여 우리에게 의미 있는 삶의 길이 무엇인지를 깨우쳐주
는 시인과 만날 수 있다. 그리고 전과 다름없이 일상의
삶과 그 삶의 현장에서 삶의 의미를 깊이 생각하고 이
를 섬세하고 예민하게 드러내는 시인과 마주할 수도 있

다. 그럼에도, 이번 시집에서는 과거와 현재 사이의 시간 차 또는 변화한 현실에 대한 시인의 자각이 강하게 감지되기도 한다. 이와 관련하여 우리는 『그저께 보낸 메일』에 담긴 "시인의 말"을 참고하지 않을 수 없는데, 시인에 따르면 이번 시집은 "2016년 봄부터 2022년 겨울까지 일곱 해 동안 발표한 시편들"의 모음집이다. 그러니까, 70대 중반에서 80대 초반의 나이에 이르기까지의 시적 기록인 셈이다. 세월의 흐름이 시인의 삶과 의식에 어떤 변화를 가져다주었는지에 대한 자각이 이번 시집에서 강하게 감지됨은 이처럼 노년에 이른 시인의 시적 기록이기 때문일 것이다. 그의 시적 기록을 다른 각도에서 정리하자면, 이번 시집에서 우리는 필연必然의 변화와 마주하여 이에 적응하며 삶을 살아가는 시인과 만날 수도 있고, 인위人爲의 변화에 저항하고 비판하는 시인과 만날 수도 있다. 어디 그뿐이랴. 여전히 변하지 않은 것들 사이에서, 우리네 인간의 삶에 여일하게 위안과 안식을 주는 것들과 함께하며 자족의 삶을 사는 시인과도 만날 수 있다.

김광규 시인의 이번 시집에 담긴 시편들을 읽으면서 느끼고 깨달은 바에 대한 우리의 문자화는 책 한 권 이상의 분량이 되어야 마땅하다. 하지만 지면의 제약을 피할 수 없는 만큼 몇 편의 시를 읽는 것으로 만족하고자 한다. 진리의 바닷가에서 단지 예쁜 조가비 몇 개를 줍

고 흡족해하는 새까맣게 탄 맨몸과 맨발의 소년처럼. 이
제 우리 함께 이번 시집에 담긴 예쁜 조가비와도 같은
시편들을 찾아 나서기로 하자.

둘, 필연의 변화와 마주하여

필연의 변화에 대한 자각은 노년에 이른 시인에게 자
연스러운 수순일 수 있거니와, 노년은 우리가 우리 자신
이 결코 잃지 않으리라고 믿었던 것들을 앗아간다. 아마
도 앗아가면 앗아갈수록 그만큼 더 우리에게 깊은 상실
감을 주는 것이 감각일 것이다. 선명하게 보이던 것이
흐려지고, 또렷하게 들리던 것이 희미해지는 순간과 마
주할 때, 어찌 우리의 마음이 칼로 저미듯 송곳으로 찌
르듯 아프지 않겠는가. 하지만 어찌 시각과 청각뿐이랴.
때로 시인이 「사라진 냄새골」에서 말하듯 후각도 쇠퇴
할 수 있고, 심지어 미각이나 촉각도 전과 같지 않을 수
도 있으리라. 어찌 감각만이 문제되랴. 김광규 시인의 이
번 시집에서 보듯 평생을 함께한 사람들의 뜻하지 않은
부음도 필연의 변화를 감지케 한다. 하지만 그 어떤 필
연의 변화보다 더 노년을 노년으로 의식케 하는 것이 있
다면, 이는 기억력 감퇴일 것이다.

이 같은 정황을 생생하게 보여주는 시 가운데 한 편이
「혼자서 잊어버리기」다. 이 시에서 시인은 말한다. "오
랜만에 백포도주 몇 잔 마신 김에/낮잠 한숨 자고 일어

났더니/점심때 먹은 빵 이름 생각나지 않"는다고. 이에 "한참 동안 궁리하다 못해/식구들에게 물어보았지만/단기 기억상실증이니/스스로 생각해보라고 타박만 받"는다. 이처럼 타박만 받은 시인의 던지는 한마디의 영탄문은 노년의 사람들이 처한 안타까운 현실을 대변한다. "이제는 모든 것 소리 없이 혼자서/잊어버리는 수밖에 없는가." 시인의 안타까움은 여기서 그치지 않는데, 「창밖의 나무」에서 시인의 영탄은 이렇게 이어진다. "창밖에서 수런수런/바람과 이야기하며/반세기 넘게 내 곁에서/함께 살아온 나무/바로 눈앞에 있는데 어찌하여 오늘은/혀끝을 뱅뱅 돌면서 그 이름/떠오르지 않을까."

기억력 감퇴에 대한 시인의 안타까움을 그 어느 시보다 더 함축적으로 드러내는 작품이 있다면, 이는 이번 시집의 표제시標題詩인 「그저께 보낸 메일」일 것이다.

오늘은 어제의 다음 날/어제는 예스터데이/비틀스 노래 속에 날마다 되살아나는/어제는 오늘의 바로 전날/독일어로 gestern|게스테른/그저께는 어제의 바로 전날/vorgestern|포어게스테른/영어로는 좀 길지만/the day before yesterday/그 긴 날 저녁때도 원고를 고쳐 쓰고/와인 한잔 마셨던가/가물거리는 그저께 기억/수첩을 꺼내 보지 않으면 누구를/만났는지 얼른 떠오르지 않네/손을 뻗치면 곧장 닿을 듯 가까운/어제의 하루 전날/안타깝게도 되돌

릴 수 없네/그저께 보낸 메일

—「그저께 보낸 메일」전문

이 시의 전반부에서 우리는 "오늘"과 "어제"와 "그저께"라는 단어의 의미를 헤아리는 시인과 만난다. 마치 영어든 독일어든 외국어 공부에 몰두한 학생이 시점時點을 가리키는 우리말 단어들의 상관관계를 확인하고 이에 해당하는 외국어 표현을 차례로 떠올리듯, 시인은 "오늘"과 "어제"와 "그저께"라는 단어들을 놓고 차례로 생각에 잠기는 것이다. 하지만 학생이 외국어를 공부할 때라면 으레 나올 법한 '내일'은 명단에 없다. 이는 시인의 의식이 "오늘"을 기점으로 하여 과거로 향하고 있음을 암시한다. 어찌 보면, 시인은 현재의 시점에서 과거를 더듬어 헤아리고 있다고 할 수 있다. 노년에 이른 사람이라면 누구에게나 그러하듯, 의식의 지평이 미래보다는 과거를 향해 열려 있기 때문이리라. 하지만 이 때문이라기보다는 시인이 기억력과의 싸움을 벌이고 있기에 그의 의식이 과거를 향하고 있다고 보는 것이 더 타당한 진단일 것이다.

문제는 시인이 현재의 시점 이전의 모든 과거를 동일한 차원에서의 과거로 생각하고 있지 않은 것처럼 보인다는 데 있다. 시의 후반부가 암시하듯, 시인이 의식하고 있는 과거는 "어제"가 아니라 "어제의 하루 전날"인

"그저께"다. 명백히 "그 긴 날 저녁때도 원고를 고쳐 쓰고/와인 한잔 마셨던가/가물거리는 그저께 기억"이라는 진술은 "그저께 기억"이 "어제의 하루 전날"인 "어제"의 기억과는 다른 무언가임을 암시하고 있다. 그렇다면, "어제"와 "그저께"의 차이는? 추측건대, 시인에게 "오늘"과 "어제"는 현재라면 "엊그제"는 말 그대로 과거를 지시하는 것이 아닐지? ("시인의 말"에서 시인은 "어제오늘"과 함께 "오늘내일"을 언급하면서, 자신의 이번 시집에 담긴 작품들은 "그저께"의 것임을 밝힌다. 이때의 "오늘내일"은 "어제오늘"과 마찬가지로 현재를 지시하는 것으로. "그저께"는 과거를 지시하는 것으로 보아야 할 것이다.) 다시 말해, "그저께"는 '어제와 다름없는 과거의 날'을 의미하는 것으로 읽히지 않는다. "손을 뻗치면 곧장 닿을 듯 가까운/어제의 하루 전날"이지만, "그저께"는 "안타깝게도 되돌릴 수 없"는 과거라는 생각이 시인의 의식을 지배하고 있는 것이리라. 따지고 보면, 오늘이나 어제 보낸 메일도 되돌릴 수 없기는 마찬가지다. 그럼에도 시인이 "그저께 보낸 메일"은 "안타깝게도 되돌릴 수 없"다고 말함은 과거란 시간의 차원을 넘어서서 기억의 차원에서도 되돌릴 수 없는 시점을 의미하는 것이리라. 즉, 기억에서조차 사라진 과거에 대한 안타까움을 담고 있는 시가 「그저께 보낸 메일」이다.

아무튼, 기억력 감퇴에 관한 시인의 고백은 단순히 안

타까움을 드러내는 것만으로 끝나는 것이 아니다. 「달맞이」에서 우리가 확인할 수 있듯.

소나무 우듬지 위로 커다란/열기구처럼 떠오르는 보름달/눈에 띈 순간 저절로 탄성이/터져 나왔다 그렇지!/ㄷ으로 시작되었어/그다음에 ㅁ이 뒤따랐지!/달……마…… 로 이어지는 그 이름/사흘 만에 어렴풋이 되살아났다/반세기 동안 즐겨 마신 원두커피/그 상표가 왜 생각나지 않았을까/그제 저녁 산책길에서 돌아와/찬장 위 칸을 열어보려다 그만두었다/아니야 내 기억 속에서 찾아내야지/어제도 오늘도 골똘히 생각해보았지만/혀끝을 뱅뱅 돌면서 그 이름/좀처럼 떠오르지 않았다/앞서가는 동행에게 물어볼까/하던 참에 마침 인왕산 동쪽에서/둥근 달이 솟아오른 것이다/달맞이? 달마중?/Dall…… mayr에 뒤이어 아라비카 커피 향/잠깐 코끝을 감돌았다/몇 해 전에 잃어버린 후각도/잊혀진 고유명사처럼 되살아나려나/평생 배우고 간직해온/온갖 이름들 하나둘 어둠속으로/가라앉았다가 때로는/달과 함께 다시 떠오르는 저녁

—「달맞이」 전문

노년에 접어들면서 익숙해져 있는 어휘가 하나둘 우리의 기억에서 사라지기 시작한다. 아니, 필요할 때 기억나지 않는다. 언어학자들에 의하면, 이런 현상은 고유명

사인 경우에 특히 심하고, 끝까지 기억력에서 살아남는 것은 동사라고 한다. 「달맞이」는 특정한 고유명사가 갑자기 기억에서 사라졌지만 뜻밖의 일이 계기가 되어 기억에서 사라진 그 고유명사가 되살아나게 된 사연을 우리에게 전한다. 이 시는 "소나무 우듬지 위로 커다란/열기구처럼 떠오르는 보름달"이 "눈에 띈 순간" 시인의 입에서 "탄성"이 터져 나왔음을 말하는 것으로 시작된다. 그에게는 "ㄷ으로" 시작되고 이어서 "ㅁ이" 뒤따르는 단어가, 그러니까 "달…… 마…… 로 이어지는 그 이름"이 "사흘 만에 어렴풋이 되살아"난 것이다. 말하자면, 보름달을 바라보는 순간 '달맞이'든 '달마중'이든 보통명사가 떠오르고, 그와 비슷한 음운으로 시작되는 "그 이름"이 어렴풋이 기억 속에 되살아난 것이다. 이어서, 시인은 왜 이 같은 '사건 아닌 사건'과 마주하게 되었는지의 경위를 밝힌다. 그에게 "반세기 동안 즐겨 마신 원두커피"의 "상표"가 갑자기 "생각나지 않았"던 것이다. "찬장 위 칸"을 열어보면 쉽게 확인할 수도 있지만, 마음속으로 다짐한다. "아니야 내 기억 속에서 찾아내야지." 곧이어, 우리는 "어제도 오늘도 골똘히 생각"하는 시인과 마주한다. 사흘째가 되는 오늘에 이르러 시인은 다짐을 저버리고 "앞서가는 동행에게 물어볼까/하던 참"에 "마침 인왕산 동쪽에서/둥근 달이 솟아오른 것"과 마주하게 되었던 것이다. 그리고 그 순간 "달…… 마…… 로 이어지는 그 이름"이 "어렴풋이 되살아"났던 것이다. 마침내 우리는 "달맞이"와 "달마중"이라는 보통명사를 되뇌다가 문득 커피의 상표명을 극적劇的으로 떠올리는 시인과 만난다. 그가 기억에서 되찾으려 했던 것은 '달마이어'로 발음되는 'Dallmayr'였던 것이다. 드디어 그 이름을 기억에서 되찾아낸 시인은 그 커피 고유의 "아라비카 커피 향"까지도 기억에 떠올린다. 시인은 기대한다, 이처럼 기억을 되살릴 수 있듯 "잃어버린 후각"까지도 되살아나기를. "되살아나려나"라는 추측의 말에서 우리는 시인의 그런 기대를 읽을 수 있으리라. 끝으로 시인은 자신의 처지를 "저녁"에 빗대어 이렇게 정리한다. "평생 배우고 간직해온/온갖 이름들 하나둘 어둠속으로/가라앉았다가 때로는/달과 함께 다시 떠오르는 저녁." 이는 결코 삶에 대한 안타까움만을 드러내는 것이 아니다. 여기서 우리는 필연의 변화에 노정된 삶을 살아가야 하는 자신의 삶 그 자체에 대한 시인의 긍정과 자족과 이해도 읽을 수 있지 않은가.

전체적으로 '사건 아닌 사건'에 대한 기록이라고 할 수 있는 시 「달맞이」와 마주한 독자라면, 아마도 입가에 웃음을 머금는 사람이 적지 않을 것이다. 갑자기 고유명사가 기억에서 사라져 난감해하거나 당황하는 일이야 노년에 이른 사람이라면 누구나 경험하는 것 아니겠는가. 어찌 보면, 이에 대한 시인의 솔직한 고백은 비슷한 처지에 있는 모든 이에게 위안이 될 수도 있으리라. 명증하고 예민한 감성의 소유자인 시인 김광규도 그럴진대 어찌 '나'의 기억력 감퇴를 부끄러워할 것인가! 하지만 「달맞이」는 단순한 위안의 시가 아니다. 기억력 감퇴에 시달리는 사람이라면 이에 어떻게 대처해야 하는가에 대한 일종의 조언으로도 읽히기 때문이다. 우연히 마주한 보름달이 시인에게 잊힌 기억을 되찾는 길잡이가 되었듯, 누구에게나 서둘러 포기하지 않고 끈기 있게 자신의 기억과 교신을 이어가다 보면 계기가 무엇이든 잊힌 것이 불현듯 되살아나는 '기적 아닌 기적'의 순간이 마침내 찾아올 수 있으리라. 떠오른 보름달이 우리의 심안과 의식을 환하게 비추듯.

셋, 인위의 변화에 저항하여

노년의 변화는 인간이 어찌지 못하는 필연의 변화이기에 우리는 이를 받아들이지 않을 수 없다. 또한 이에 순응하는 것이 인간을 인간답게 하는 덕목이 아닐 수 없다. 한편, 변화에는 인간이 조성한 인위적인 것도 있다. 인위적인 것임에도 필연으로 위장하여 이에 순응하도록 인간을 오도하는 변화도 있는 것이다. 이 같은 인위적 변화에 저항하는 시인 김광규의 마음까지 감지케 하는 것이 이번 시집으로, 이와 관련하여 우리는 먼저 시인의 우려가 담긴 『서울신문』 2022년 1월 12일 자 인터뷰 기사를 주목하지 않을 수 없다. "[현재 살고 있는] 집을 52년째 고쳐 가며 살고 있는데 최근 이 동네가 아파트단지로 재개발된다는 얘기가 나와 걱정이네요. 평생 살아온 터전을 잃을까 전전긍긍하고 있습니다." 이 같은 시인의 "걱정"을 있는 그대로 보여주는 것이 「지킴이 나무」의 마지막을 장식하는 다음 진술이다. "한집에서 어느덧 반세기를 함께 살았는데/요즘은 마구잡이 주택단지 개발 사업으로/30층 아파트 줄지어 들어서고 있네/언제 갑자기 전기톱으로 잘려 나갈지 몰라/오늘은 바라보기도 마음 아픈 지킴이 나무"(「지킴이 나무」 제15-19행). 시인에게 "지킴이 나무"의 역할을 하는 "후박나무"가 "반세기"에 걸쳐 시인을 지켜주었고 앞으로도 여일하게 지켜주기를 시인은 바라고 있지만, 어찌 알랴.

사실 "마구잡이 주택단지 개발 사업"은 어제오늘의 일이 아니다. 뿐만 아니라, 이 같은 일을 자행하면서도 당사자들은 언제나 당당하다. 마치 자연의 자리 한 구석을 빌리는 것이 아니라 자연을 몰아내고 그 자리를 차지하는 것이 당위當爲이기라도 하듯. 요컨대, 이른바 인간의 거주 영역 확보라는 "개발 사업"은 오늘날 초超도덕적 당위가 된 것이다. "학교와 도서관 아파트와 쇼핑몰 들어서며/이제는 소란스럽게 행인들 붐비는 곳"이 된 "모래내 언덕길"(「모래내 언덕길」)이 보여주듯. 또는 "산사태 막기 위하여/산을 통째로 무너뜨리고" 또한 "전기 톱

질로 사정없이/소나무 참나무 싸리나무 잘라버리는" 일
이 자행되는 "뒷산 골짜기"(「수로 공사」)가 보여주듯. 마
침내, "주유소"와 "사철탕집"과 "쑥쑥 솟아"오르는 "아
파트"로 인해 가려져 보이지 않게 된 "크낙산"(「낯선 고
향」)이 암시하듯, 자연은 소리 없이 우리네 삶의 무대 뒤
편으로 사라지게 되었다.

　이번 시집의 서두를 장식하는 「부끄러움 없는 날」
에서 시인이 한탄하듯, "'부끄럽지도 않으냐'라는 말"
이 "욕설로 쓰이게" 된 오늘날, 인간은 "부끄러움 없는
날/우리는 부끄럽지 않은가"를 자문해야 할 만큼 부끄
러움도 없이 정치적으로든 사회적으로든 윤리적으로든
부끄러운 짓을 자행한다. 부끄러움 없이 인간이 자행하
는 부끄러운 짓을 향한 시인의 비판은 이번 시집의 여기
저기서 확인된다. 하지만 비판이 감지되는 곳 어디에서
도 시인이 건네는 비판의 목소리는 높거나 격렬하지 않
다. 언제나 낮고 차분하다. 마치 진정으로 노여움에 휩싸
인 사람의 목소리가 낮고 차분하듯. 그리고 그의 노여움
이 낮고 차분하기에 더욱 강렬한 것이 된다는 사실을 우
리에게 일깨우기라도 하듯. 인간의 부끄러움에 대한 그
어떤 직접적인 언급도 배제한 채 나무 한 그루의 죽음과
관련하여 '왜'라는 물음을 담고 있는 다음의 시를 우리가
주목하는 것은 이 때문이다.

5층 연립주택보다 훨씬 높이 자란/가죽나무 올해는 여름
내/싹 트지 않고 꽃 피지 않았다/나뭇잎 하나도 없이/검
은 골격만 허공에 남긴 채/살기를 멈춰버린 것 같다/겨울
보다도 앙상한 모습으로/숨이 멎어 버렸나/신록의 숲속에
서 날아오는 텃새들/까치 까마귀 비둘기 직박구리/한 마
리도 나뭇가지에 내려앉지 않는다/죽음의 뿌리 까맣게 땅
속에 내린 채/뒷마당에 서서 잠든 가죽나무/동네 이웃들
지나가며 왜 죽었나/아무도 묻지 않는다

　　　　　　　　　　　　　　　—「서서 잠든 나무」 전문

"5층 연립주택보다 훨씬 높이 자란/가죽나무"가 "올
해는 여름내/싹 트지 않고 꽃 피지 않"는 것을 보아, "나
뭇잎 하나도 없이/검은 골격만 허공에 남긴 채/살기를
멈춰버린 것 같다." 이에 시인의 마음은 편하지 않다. 혹
시 "겨울보다도 앙상한 모습으로/숨이 멎어버렸나." 마
치 나무의 숨이 멎어버렸음을 알리기라도 하듯, "까치
까마귀 비둘기 직박구리/한 마리도 나뭇가지에 내려앉
지 않는다." 자연이 인간의 곁을 떠난 것이다. 어찌할 것
인가. 시인은 다만 낮은 목소리로 현장 보고를 할 따름
이다. "죽음의 뿌리 까맣게 땅속에 내린 채/뒷마당에 서
서 잠든 가죽나무/동네 이웃들 지나가며 왜 죽었나/아
무도 묻지 않는다." 이처럼 가죽나무가 "왜 죽었나"를
"아무도 묻지 않"듯, 우리는 넓게는 자연을 몰아내고, 좁

게는 한 그루의 나무를 알게 모르게 죽음에 이르게 하지만, 이에 무신경하고 때로 이를 외면한다. 사람들을 일깨우고자 하는 시인의 낮고 차분한 목소리가 어두워진 그들의 귀를 울릴 뿐이다.

시인의 우려와 현실 비판은 단순히 한 그루의 나무가 "왜 죽었나"를 묻는 목소리에서만 확인되는 것이 아니다. 때로 시인은 인간의 역할과 기계의 역할 사이의 경계가 모호해진 오늘날의 현실을 향해 우려와 비판의 눈길을 보내기도 한다. 「로봇 한 마리」가 보여주듯, 이제 인공지능 또는 로봇의 사용이 본격화한 제4차 산업혁명의 시대—시인의 표현을 따르자면, "새 시대의 네 번째 문턱"을 넘어선 시대—가 도래하자, 기계는 인간의 의식과 삶을 지배하게 되었다. 이 같은 현실과 마주하여 시인은 여전히 낮고 차분하지만 해학과 냉소가 짚이는 목소리로 특유의 비판을 이어간다.

새로 문을 연 스마트 쇼핑몰입니다/대형 매장과 주차장을 연결하는 공중가교를 건너/고객들이 날아오르듯 밀려듭니다/배가 나온 중년층 어른들이나/몸매 날씬한 젊은이들이나 똑같이/진공청소기 앞 새털처럼 가볍게/매장 입구로 빨려 들어갑니다/때로는 소형 자동차보다도 비싼 가전제품들/소중하게 카트에 싣고 출구로 나오는/자랑스러운 발걸음 좀 보십시오/잔디 깎이 로봇이나 가정용/에이아이 로봇을 구입한/이웃을 모두들 부러워합니다 이제/저 집은 가정부나 정원사가 필요 없겠군요/사물 인터넷으로 지시만 하면/밥값도 품삯도 들지 않고/오로지 일만 하는 로봇/사람보다 훨씬 유능하고/믿음직한 로봇 한 마리/새 시대의 네 번째 문턱을 넘어/집 안으로 성큼 들어섭니다/그래도 아직은 조심해야지요/웃지도 않고 울지도 않는/영리한 새 가족 맞이한 기쁨에 들떠/하늘 높이 날아오르다가 행여/전기가 갑자기 끊어져/땅으로 털썩 떨어지지 않도록
　　　　　　　　　　　　　　　—「로봇 한 마리」 전문

　이 시와 관련하여 우리가 무엇보다 주목해야 할 것이 있다면, 시인이 현장 상황을 취재하여 보도하는 기자의 어투를 흉내 내고 있지만 시인이 전하는 것은 객관적인 현장 취재나 보고가 아니라는 점이다. 이를 지배하는 것은 앞서 말했듯 해학과 냉소로, 이런 의미에서 「로봇 한 마리」는 일종의 풍자시, 그것도 목소리를 낮췄기 때문에 그 의미가 더더욱 무거워진 풍자시일 수도 있겠다. 물론 첨단 과학의 산물에 의존도가 높아져가는 현실 사회에 대한 시인 특유의 비판이 이 시에서만 감지되는 것은 아닌데, 무엇보다 시인이 때로 동원하는 "스몸비"라는 표현을 주목하기 바란다. 이 표현이 암시하는 바는 기계에 대한 의존이 지나쳐 영혼마저 기계에 빼앗긴 듯 살아가는 현대인의 삶에 대한 시인의 비판이 아니겠는가. 하

지만 그 어떤 비판의 언사도 "배가 나온 중년층 어른들 이나/몸매 날씬한 젊은이들이나 똑같이/진공청소기 앞 새털처럼 가볍게/매장 입구로 빨려 들어갑니다"라는 진 술에서 감지되는 것만큼 강렬한 것일 수 없다. 오늘날의 인간이란 "진공청소기 앞 새털처럼" 가벼운 존재인 것이 다. 하지만 누구도 자신이 새털처럼 가벼운 존재임을 의 식하지 않는다. 다만 "사물 인터넷으로 지시만 하면/밥 값도 품삯도 들지 않고/오로지 일만 하는 로봇"을, "사 람보다 훨씬 유능하고/믿음직한 로봇"을 구입한 "이웃 을 모두들 부러워"하는 삶을 살아갈 뿐이다. 어찌 보면, 바로 이 "모두들 부러워"하는 삶에 대한 열망이 사람들 을 한층 더 가벼운 존재가 되도록 한 것이리라. 이처럼 새털처럼 가벼운 존재가 된 사람들에게 "아직은 조심해 야지요"라는 시인의 조언은 새털처럼 가벼우면서도 납 덩이처럼 무겁다.

「로봇 한 마리」에서 우리가 또 하나 주목해야 할 것은 로봇을 지칭할 때 시인이 '한 대'라는 표현 대신에 "한 마리"라는 표현을 동원하고 있다는 점이다. 시인이 로봇 이든 컴퓨터든 기계를 지칭할 때 쓰는 표현인 '대臺'를 대신하여 "짐승이나 물고기, 벌레 따위를 세는 단위"인 "마리"(국립국어원 표준국어대사전)를 동원하고 있는 이 유는 무엇일까. 이는 "사물 인터넷"으로 움직이는 "잔디 깎이 로봇"이나 "가정용/에이아이 로봇"을 단순한 기계로만 볼 수 없음을 암시하는 것이리라. 즉, 앞서 말했듯, 인간의 역할과 기계의 역할이 모호해진 현실에 대한 우려와 비판을 드러내는 것이 "로봇 한 마리"라는 표현이리라. 어찌 보면, 시인이 주인의 말을 잘 듣는 예컨대 '반려견'에 붙일 법한 "마리"라는 표현을 동원하고 있는 것은 이 때문일 것이다.

하지만 주인의 말을 잘 듣지만 "웃지도 않고 울지도 않는/영리한 새 가족"인 "로봇"은 어느 틈엔가 주인을 무는 난폭한 반려견이 될 수도 있다. 아니, "스마트폰"이라는 기계의 노예가 된 "스몸비"가 암시하듯, 인간은 주인의 말을 잘 듣는 기계에 얽매여 어느 사이에 주인에서 노예로 전락할 수도 있다. 전기가 끊어졌기 때문이든, 다른 어떤 사정 때문이든, 평소에 말을 잘 듣던 기계가 갑자기 말을 듣지 않게 되었다 하자. 이로 인해 인간이 빠져드는 공황 상태는 말 그대로 인간이 기계의 노예가 되었음을 암시한다. 물론 비판의 눈길이 디스토피아적인 인간세계—즉, 인공지능 또는 컴퓨터가 인간의 의식과 삶을 지배하는 동시에 인간을 말 그대로 노예화하는 디스토피아적 비전으로 넘쳐나는 공상과학소설이나 영화의 세계—로까지 향하고 있지는 않다. 하지만 인간을 "하늘 높이 날아오르다가" "땅으로 털썩 떨어"짐을 체험케 하는 것이 인공지능 또는 로봇의 세계일 수 있음에 대한 시인의 경고는 결코 새털처럼 가벼운 것이 아니다.

넷, 그럼에도 변하지 않은 것들과 함께

　무엇보다 표제시 「그저께 보낸 메일」에서 확인할 수 있듯, 김광규 시인의 이번 시집의 기본 정조 가운데 하나는 과거가 단순히 시간의 차원에서뿐만 아니라 기억의 차원에서도 되돌릴 수 없는 것이 되었음에 대한 안타까운 자각이다. 이와 함께 필연의 변화와 마주한 채 노년의 삶을 살아가는 시인의 내면 풍경을 언뜻언뜻 드러내 보이고 있는 것이 이번 시집이기도 하다. 아울러, 노년의 시인이 거쳐야 하는 필연적인 변화에도 불구하고, 시인이 변하지 않기를 바라거나 변하지 않아야 한다고 믿는 것들도 인위적 변화의 사슬에 희생되거나 희생의 위협에서 벗어나지 못하고 있음에 대한 우려와 비판이 이번 시집을 지배하는 또 하나의 기본 정조이기도 하다.

　그럼에도 불구하고, 시인은 여전히 변하지 않은 것 또는 변하지 않는 것과 삶을 같이하고 있는 것 또한 사실이다. 무엇보다 「지킴이 나무」에 등장하는 "지킴이 나무"가 시인과 함께하고 있지 않은가. 「지킴이 나무」에서 시인은 시각적, 후각적, 청각적 이미지들을 동원하여 "지킴이 나무"인 "창밖의 후박나무"의 나무다움을 생생하게 보여주는 동시에, 이 나무에 대한 시인의 유대감을 따뜻한 언어로 전한다. "창밖의 후박나무"는 "5월의 첫 여름 향기"를 "가득 담아" 전할 뿐만 아니라 온갖 기상의 변화를 미리 알려주기도 하는 "우리 집 전령"이고, "마당을 뒤덮는 넓은 그늘"을 만들어 온갖 새와 "고양이 식구들"에게 쉼터이자 놀이터이기도 한다. 어디 그뿐이랴. 이 나무는 "한집에서 어느덧 반세기를 함께 살"면서 "말없이 우리를 지켜주는" 말 그대로 시인의 "지킴이"인 것이다.

「지킴이 나무」를 수놓고 있는 시인의 따뜻하고 정감 어린 시적 진술이 있기에, 김광규 시인의 이번 시집에서 감지되는 것은 소극적인 안타까움의 마음만이 아니다. 우리는 여전히 일상의 삶과 삶의 주변을 향한 시인의 환한 시선과 밝은 목소리와 마주할 수 있거니와, 이 같은 목소리가 담긴 수많은 작품에서 우리가 여일하게 확인할 수 있는 것은 시인의 살아 숨 쉬는 시심詩心과 시혼詩魂이다. 말하자면, 노년의 안타까움뿐만 아니라 지금 이 순간 살아 숨 쉬는 시인의 숨결을 담고 있는 것이 김광규 시인의 이번 시집 『그저께 보낸 메일』인 것이다.

일상의 삶과 대상을 향한 시인의 환한 시선과 밝은 목소리가 감지되는 시 한 편을 함께 읽는 것으로 우리의 논의를 이어가기로 하자.

후박나무 밑으로 굴러온 감 한 개/저절로 땅속에 묻혀 싹 트고/아무도 모르게 조금씩 조금씩 커지면서/담벼락보다 높게 자랐고 올해는/주황빛 열매 주렁주렁 매달렸다/온종일 살펴보아도 어느 틈에/줄기 굵어지고 잎 돋아나고/꽃 피고 열매 맺는지/자라나는 짧은 순간들/하나도 보이지 않았다/추녀 끝보다 웃자란 후박나무가/아래서 올라오는 어린 감나무에게/슬며시 하늘 한 모퉁이 비켜주는 것도/눈치채지 못했다/가을비 추적추적 내리는 날/쟁반보다 넓은 후박나무 잎에/접시보다 좁은 감나무 잎에/떨어져 내리는 빗방울들 서로/어울려 빗소리 화음 내면서/귓가에 울려 올 때까지/나무들의 아름다운 목금 소리/미처 듣지 못했다/비록 보이지 않고 들리지 않는 듯해도/어느새 10년 동안/사계절 밤낮 가리지 않고/주말도 쉬지 않고 끊임없이/무성하게 자라나/일요일 아침마다 창밖에서 수런거리며/잠든 마음 흔들어 일깨워주는/우람한 갈잎나무/풍성하고 믿음직한 그 모습/언제나 변함없이 보고 싶구나

　　　　　　　　　　　──「일요일에도 자라는 나무」 전문

　이 시에 등장하는 "후박나무"는 바로 「지킴이 나무」에 등장하는 "후박나무"와 동일한 나무임은 별도의 설명이 필요하지 않으리라. 아무튼, 한 편의 동화와도 같은 이 시는 "후박나무"와 그 밑에서 싹 터 자라난 "감나무"에 대한 이야기를 담고 있다. "감나무"가 자라나 "후박나무"와 함께하는 이 시 속의 목가적인 정경은 모든 생명이 평화롭게 공존하는 자연에 대한 일종의 축도縮圖일 수 있거니와, 이와 함께하는 시인의 마음도 더할 수

없이 평화롭고 따뜻하다. 비록 "눈치채지 못했다"고 말하지만, 시인의 눈에는 "추녀 끝보다 웃자란 후박나무가/아래서 올라오는 어린 감나무에게/슬며시 하늘 한 모퉁이 비켜주는 것"으로 비치지 않는가. 어디 그뿐이랴. "미처 듣지 못했다"고 말하지만, 시인의 귀에는 "쟁반보다 넓은 후박 나뭇잎에/접시보다 좁은 감나무 잎에/떨어져 내리는 빗방울들 서로/어울려" 내는 "빗소리 화음"이 "나무들의 아름다운 목금 소리"로 들리지 않는가. 시인의 눈과 귀를 즐겁게 하는 "풍성하고 믿음직한" 나무들이 곁에 있어 "일요일 아침마다 창밖에서 수런거리며/잠든 마음 흔들어 일깨워주는" 한, 시인의 삶은 확신컨대 환함과 생기를 잃지 않을 것이다.

여기서 우리가 잠깐 눈길을 줘야 할 사항이 있다면, 「일요일에도 자라는 나무」는 시인이 『중앙SUNDAY』의 10주년을 맞아 쓴 '축시'라는 점이다. 하지만, 누가 보아도 알 수 있듯, 이 시는 이른바 전형적 축시의 틀에서 벗어나 있다. 그럼에도, '축시'인 한, 이 시가 노래하는 "일요일에도 자라는 나무"는 있는 그대로 시인의 집 마당에서든 자연의 숲 한가운데서든 일요일이라고 해서 멈추는 일 없이 성장을 거듭하는 나무일 수도 있지만, 이와 함께 일요신문인 『중앙SUNDAY』를 지시하는 것일 수도 있다. 하지만 의미의 확장은 이것으로 끝날 수 없거니와, "일요일에도 자라는 나무"는 한 걸음 더 나아가 부단히 성장을 거듭하는 우리 주변의 어린이들을 지시하는 것일 수도 있으리라. (이른바 '꿈나무'라는 표현을 이 자리에서 떠올릴 수도 있겠다.) 이로 인해, 우리는 휴일에도 쉬지 않고 언제나 자라나는 어린이들을 보면서 흐뭇해하는 노시인의 마음을 이 시에서 읽을 수도 있으리라.

아무튼, 시인이 살아가는 삶의 일부를 이루는 자연의 생명체에 눈길을 줄 때, 시인의 목소리는 예전과 마찬가지로 밝고 따뜻하며 생기로 가득하다. 시인이 기꺼운 마음으로 함께하는 '영원한 자연'의 생명체는 나무일 수도 있지만, 때로 "담쟁이덩굴"(「담쟁이의 봄」)일 수도 있고, "까치와 비둘기와 직박구리"와 "고양이 식구들"(「지킴이 나무」)일 수도 있으며, "까마귀 몇 마리"와 "줄무늬 고양이"(「늦가을 마당」)일 수도, "정유재란丁酉再亂 때도 살아남은/조선 닭"(「조선 닭」)일 수도, "후박나무 굵은 가지"에 "앉아" 있는 "비둘기 가족 세 마리"(「비둘기 세 마리」)일 수도, "이 세상에 태어나 열여덟 해를 혼자" 살아온 "온몸이 누런 털로 덮이고 슬픈 눈에 코끝이 까맣게 생긴"(「개 발자국」) 개일 수도 있다. 어찌 그뿐이랴. 시인에게 변함없이 위안과 즐거움이 되는 것은 "부처님 앞 법고"의 "소리"(「법고法鼓 소리」)일 수도 있고, "바람에 실려 퍼지는 바늘잎 소리"(「바늘잎 소리」)일 수도 있다.

하지만 자연의 여일함에 눈길을 주는 시인의 마음을 어느 때보다도 환하게 빛나게 하고, 그로써 그의 시를 사랑하는 사람들을 기껍게 하는 작품이 있다면, 이는 바로 「호박 그 자체」다.

뒷산에서 자란 호박 덩굴이 옆집/담을 넘어 들어오더니 밤나무를 타고 올라가/나뭇가지 끝에 연두색 호박을 매달아놓았다/호박은 공중에서 하루하루가 다르게 커졌다/밖에서 담을 넘어 들어왔으니/옆집에서 심은 것은 아니지……//그러니까 긴 골프 우산 손잡이를 담 너머로 뻗쳐서/호박을 끌어다가 따 먹을 수도 있는 거야/하지만 누구에게 들키지 않는다 해도/시쳇말로 다툼의 여지는 있겠지 이를테면/옆집 영감이 투덜거리는 소리를 피할 수 없을걸/요즘도 호박 도둑이 있는 모양이여……//늦장마 지나가고 매미와 풀벌레 소리 요란한/오늘도 옆집 밤나무가지에 매달린 호박을/바라본다 따 먹고 싶은 욕심일랑 몽땅 버리고/짙푸르게 익어가는 호박 그 자체만 바라볼 수는 없을까/가을이 가버리기 전에 그렇게 될 수 있을까
　　　　　　　　　　　　　　　　　—「호박 그 자체」 전문

시인은 "후박나무" 아래의 "감나무"에 따뜻한 관심의 눈길을 주듯, "뒷산에서 자란 호박 덩굴"에도 따뜻한 관심의 눈길을 늦추지 않는다. 바로 그 "호박 덩굴"이 옆집 담을 넘어 들어가서 "밤나무"를 타고 오르더니, "나뭇가지 끝에 연두색 호박을 매달아" 놓은 것이다. 이윽고 그

호박이 "하루하루가 다르게 커"지자, 시인은 생각에 잠긴다. "밖에서 담을 넘어 들어왔으니/옆집에서 심은 것은 아니지……." 다시 말해, 주인이 없는 것이기에 시인의 것이 될 수도 있다는 생각에 이른 것이다. 둘째 연에서 시인은 그런 마음을 숨김없이 드러낸다. 나름의 방법을 동원하여 "호박을 끌어다 따 먹을 수도 있는" 것이다. 물론 "시쳇말로 다툼의 여지"가 있음을 의식하기도 한다. 어찌할 것인가.

여기서 우리는 조선 시대의 선비인 오성 이항복의 어린 시절 일화를 떠올릴 수도 있겠다. 소년 이항복은 자신의 집 마당에 서 있는 감나무의 가지가 옆집으로 넘어갔다고 해서 옆집으로 넘어간 감나무 가지에 매달린 감에 대한 소유권을 주장하는 옆집 사람의 집을 찾아간다. 그리고 옆집 사람이 있는 방의 바깥쪽에서 문풍지를 뚫고 자신의 팔을 방 안으로 들이민다. 이에 놀란 옆집 사람이 그에게 이 무슨 짓인가 나무라자, 소년 이항복이 묻는다. 문풍지를 뚫고 들이민 자신의 팔이 방 안 사람의 것인가, 아니면 방 바깥쪽에 있는 자신의 것인가. 이 일화의 결말은 물론 감에 대한 옆집 사람의 소유권 포기로 정리된다. 어쩌면 시인은 이 해학적인 일화를 떠올렸을지도 모르겠다. 그리고 뒷산에서 자란 것이니 옆집의 담을 넘어가 열매를 맺었다고 해도 엄밀하게 말해 옆집 사람의 것이 아님을, 그리하여 이를 자신이 따 먹어도 문제될 것이 없지 않겠는가라는 생각에 잠겼을 수도 있 겠다.

하지만 이항복의 일화는 어디까지나 어린아이의 기 지奇智를 돋보이게 하는 그런 종류의 것일 뿐이다. 어찌 나이 지긋한 노시인이 이에 기댈 수 있겠는가. 무엇보다 "호박을 끌어다 따 먹을" 경우, "옆집 영감이 투덜거리는 소리"를 "피할 수 없을" 것이다. 그럴 경우, 시인이 소년 이항복의 논리를 앞세워 옆집 영감과 시시비비를 가릴 수 있겠는가. 그럴 수야 없을 것이다. 그리하여 셋째 연 에 이르러 시인은 체념한 듯 이렇게 말한다. "따 먹고 싶 은 욕심일랑 몽땅 버리고/짙푸르게 익어가는 호박 그 자 체만 바라볼 수는 없을까."

이처럼 지당한 생각에 이른 시인과 마주하여 우리는 다음과 같은 지당한 논리를 펼 수도 있겠다. 첫째, 누구 든 주인임을 내세우기가 모호한 "호박"이기에 은근히 욕심을 냄은, 그리고 그런 마음을 소년 이항복이 펼쳤 을 법한 논리를 떠올리게 하는 논리로 정당화할 수 있겠 다고 생각함은 시인이 마음에 간직하고 있는 것이 동심 임을 보여주는 증거일 수 있겠다. 어쩌면, 노시인이 소 년 이항복이 가졌을 법한 생각을 솔직하게 드러내고 있 음에 우리는 입가에 웃음을 머금은 채 동심을 잃지 않 은 노시인에게 성원을 보낼 수도 있겠다. 아무튼, '황금 사과'라면 모를까, "연두색 호박"이라니? 사소하고 작은

장난감에 그처럼 집착하던 어린 시절 우리의 마음이 읽히지 않는가. 이 같은 동심을 잃지 않은 시인을 어찌 늙었다고 할 수 있겠는가. 둘째, 그럼에도 시인은 소년 이항복의 기지를 펼칠 나이가 아니다. 사리 분별 능력을 갖춘 어른이기에, "다툼의 여지"에 대해서도 생각하지 않을 수 없는 것이다. 하지만 그런 생각을 하고 "연두색 호박"을 포기하는 것으로 이 시가 여기서 끝났다면 「호박 그 자체」는 지극히 평범하고 밋밋한 인간사의 이야기로 끝났을 것이다.

이 때문에 이 시의 셋째 연은 더할 수 없이 중요한 의미를 갖는다. 되풀이해 인용하자면, 셋째 연에 이르러 시인은 자문한다. "따 먹고 싶은 욕심일랑 몽땅 버리고/짙푸르게 익어가는 호박 그 자체만 바라볼 수는 없을까." 이는 동심에서 벗어나고자 하는 마음을 암시하는 것일 수 있거니와, 이와 관련하여 대상 그 자체만 바라보는 일은 인식론적으로 선험주의 또는 직관주의의 영역에 속하는 것임에 유의해야 할 것이다. 호박의 맛이든 무엇이든, 호박에 대한 이제까지 쌓아온 경험적 인식의 영역에서 벗어나 호박을 호박 자체만으로 바라보는 일은 거창하게 말해 속세의 욕망에서 벗어나 선적禪的인 인식의 경지에 이르는 것일 수도 있다. 아니, 좀더 거창하게 말하자면, 이는 시인이든 화가든 예술가가 대상의 본질을 꿰뚫어보고자 할 때 그에게 요구되는 투명한 마음가짐

이기도 하다. 이런 의미에서 볼 때 셋째 연은 김광규 시인이 시인으로서 가져야 할 마음이 무엇인가에 대한 자기 성찰로 읽히기도 한다.

그럼에도, 셋째 연은 단순히 이 같은 자기 성찰만으로 끝나는 것이 아니다. 그렇기에, 「호박 그 자체」는 한층 더 예사롭지 않은 작품이, 인간 본성에 대한 한층 더 깊고 솔직한 성찰이 담긴 작품이 되고 있는 것 아닐까. 이와 관련하여, 시인이 시를 마감하는 자리에서 이렇게 자문하고 있음을 유의하기 바란다. "가을이 가버리기 전에 그렇게 될 수 있을까." 마치 "연두색 호박"에 대한 어린 아이다운 욕심을 아직 완전히 떨칠 수 없음을 솔직하게 고백하기라도 하듯, 시인은 이렇게 묻고 있지 않은가! 조선 시대의 선비 서경덕의 표현에 기대어 말하자면, '마음이 어린 후이니 하는 생각이 다 어림'을 숨기지 않고 있는 것이다. 그러니 어찌 우리가 시인의 이번 시집에서 노년의 안타까움만을 읽을 수 있겠는가! 동심을 감지케 하는 이 같은 솔직한 물음과 마주하여, 우리가 감지하는 것은 우리네 지극히 평범한 인간과 동일한 눈높이에서 세상사와 인간사를 바라보는 지극히 인간적인 인간으로서의 시인 김광규다. 그처럼 지극히 인간적인 마음과 눈으로 삶과 삶의 주변에 눈길을 주고 이를 향한 자신의 속마음을 드러내는 시인이 다름 아닌 김광규 시인이기에, 우리는 친숙하고 편안하게 그의 시 세계에 다가 갈 수 있고, 또한 그의 시 세계를 사랑하지 않을 수 없다.

다섯, 논의를 마무리하며

이제 김광규 시인이 『그저께 보낸 메일』에서 펼쳐 보
인 시 세계에 대한 우리의 논의를 마무리할 때가 되었
다. 논의를 마무리하는 자리에 이르러, 우리는 또 한 편
의 시에 눈길을 모으고자 한다. 우리가 논의를 시작하면
서 매클리시의 "어려운 시학"에 눈길을 주었던 것과 마
찬가지로, 김광규 시인 특유의 '쉬운 시학'에 눈길을 주
는 것이 논의를 마무리하는 적절한 수순일 수도 있기에.

맞아/방금 떠올랐던 생각/귓전을 스쳐 간 소리/혀끝에 감
돌던 한 마디/그것이 과연 무엇이던가/그래/그것이 맞
아/틀림없어/참으로 기막히지 않은가/하지만 그것을 뭐
라고 해야 할지/달리 바꾸어 말할 수도 없고/글로 옮겨 쓸
수도 없는/바로/그것을/어떻게 되살려낼까/궁리하다가
평생을 보낸 사람

———「바로 그런 사람」 전문

이 시의 제목이 지시하는 "바로 그런 사람"은 김광
규 시인을 포함한 '시인'이다. 무엇보다 이 시에서 시인
은 '시인'이 이어가는 언어와의 싸움을 일종의 극적 독백
을 통해 다음과 같이 극화한다. "맞아/방금 떠올랐던 생

128

각/귓전을 스쳐 간 소리/혀끝에 감돌던 한 마디/그것이 과연 무엇이던가/그래/그것이 맞아/틀림없어/참으로 기막히지 않은가/하지만 그것을 뭐라고 해야 할지.” 이 같은 극적 독백이 암시하듯, ‘시인’이란 “달리 바꾸어 말할 수도 없고/글로 옮겨 쓸 수도 없는/바로/그것을/어떻게 되살려낼까/궁리하다가 평생을 보낸 사람”인 것이다. 여기에 그 어떤 부연 설명이 필요하랴. 시인이 “생각”과 “소리”와 “말”과 마주하여 이어가는 “궁리”의 시간은 헤아릴 수 없이 길 수도 있지만, 그런 시간이 길수록 시인의 시는 오히려 그만큼 더 쉬운 것이 되는 법 아닐지? ‘시란 무엇인가’라는 ‘시학’을 담고 있는 시 「바로 그런 사람」이 단 한 마디의 부연 설명도 요구하지 않은 채 ‘있는 그대로’ 쉽게 읽히고 우리에게 쉽게 이해되듯. 그럼에도, 시란 무엇인가, 언어란 무엇인가, 언어와의 싸움이란 무엇인가, 시 쓰기의 본질이란 무엇인가, 시인이란 어떤 존재인가, “궁리하다가 평생을 보낸 사람”이 어찌 시인뿐이겠는가 등등의 문제를 놓고 생각에 생각을 거듭케 하는 시라는 점에서 이는 단순히 쉬운 시만이 아니다. 바라건대, 독자 여러분께서는 사족蛇足과도 같은 이 모든 중언부언을 아예 무시한 채 김광규 시인의 시 세계로 직핍直逼하기를! ▨